「いつも、こうして殿下が会いに来てくださることを楽しみしております」
「……俺もフィリア殿との時間を楽しいと思っているぞ」
完璧すぎて可愛げがないと婚約破棄された聖女は隣国に売られる②
Fuyutsuki Koki
冬月光輝
illust. 昌未

オスヴァルト・
パルナコルタ
パルナコルタ王国の第二王子
気さくで人情に厚い性格
フィリア・アデナウアー
パルナコルタの聖女
魔物の被害から各国を救い、大聖女の称号を得る

ユリウス・ジルトニア
ジルトニアの元第二王子
現在は地下牢に収容中
ミア・アデナウアー
フィリアの妹で、ジルトニアの聖女
姉を目指して修行に励んでいる
マモン
エルザの使い魔
自在に姿を変化させられる
エルザ・ノーティス
ダルバート王国の退魔師
フィリアの護衛にやってくる

「絶対に！
フィリア殿のもとに
助けに行く！」
「オスヴァルト殿下？」

完璧すぎて可愛げがないと婚約破棄された聖女は隣国に売られる

２

Fuyutsuki Koki
冬月光輝
illust. 昌未

A saint whose engagement was abandoned because it was too perfect and not cute is sold to a neighboring country

セデルガルド大陸

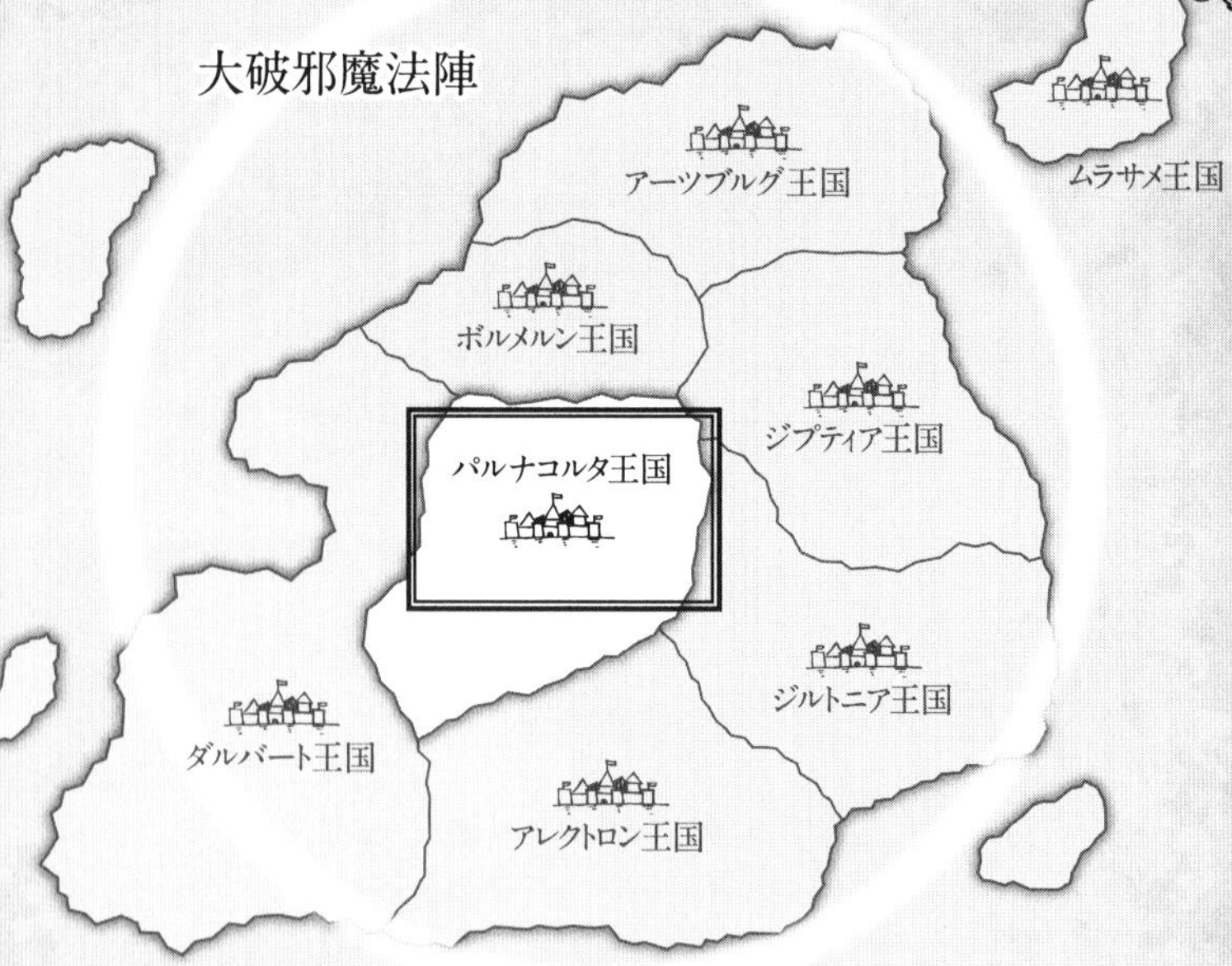

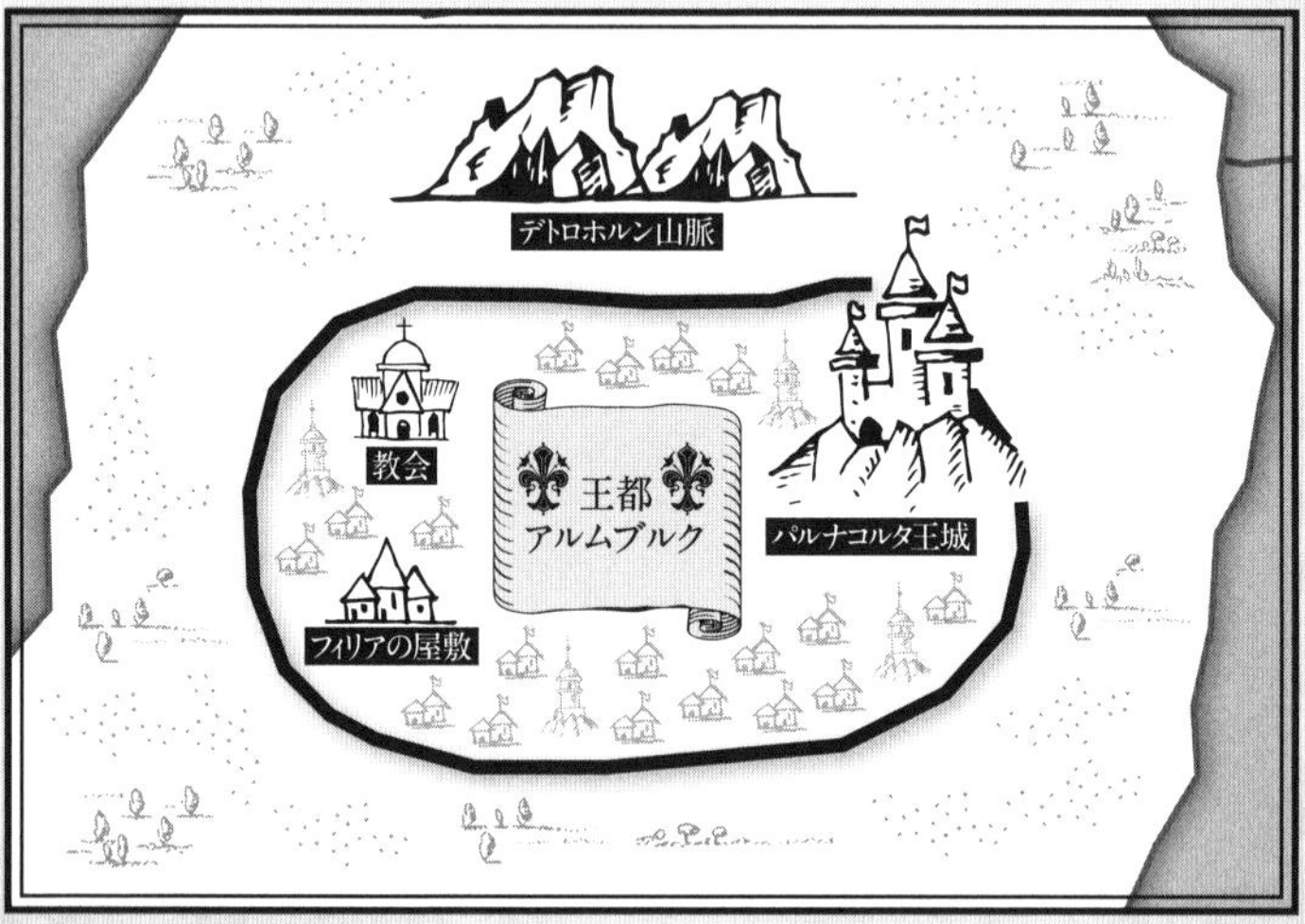

パルナコルタ王国

CONTENTS

プロローグ

prologue

——可愛《かわい》げがない。愛想がない。真面目すぎて、面白みがない。そう言われ続けて生きてきました。

誰かの役に立たねば、誰も自分のことを愛してくれはしないと思って頑張ってきたのですが、そんな私に待ち受けていた運命は隣国に売られるというものだったのです。

あのときの私はある意味、感情というものを表に出すことを忘れてしまっていたのかもしれません。

ですが、このパルナコルタ王国に売られたことで私は笑うことを覚えました。

「フィリア殿、傘も使わずに雨の中出歩いているのかい？　風邪を引いては大変だぞ」

オスヴァルト殿下自慢の農園に降り注ぐ大粒の雨。私はそこで土の様子を確認していました。

干ばつによって作物の出来が悪いというオスヴァルト殿下の相談を受け、時折雨を降らせているのです。

天候を操る魔法は砂漠での修行で覚えることが出来ました。師匠のヒルデガルトの修行は厳しかったのですが聖女として大切なことは全て彼女から教わっています。

「お気遣いありがとうございます。〝光のローブ〟でこのように身体《からだ》を覆っているので、濡《ぬ》れる心配はないのです」

私は自然界にあるマナを集約し発動させる防御術式で雨風から身を守っていました。

その方が修行にもなりますし、何より傘を持つ必要がなく両手が使えて楽ですから。

「おー、本当だ。よく見たら光っているな。まるで女神か天使に見えるよ」

「オスヴァルト殿下、グレイスさんみたいなこと仰《おつしや》らないでください」

「あはは、すまないな。思ったことをすぐに口に出す性分なんだ。許してくれ」

オスヴァルト殿下はその白い歯を見せ朗らかに笑います。

それでは、まるでお世辞でなく本心で話しているみたいではありませんか。変わった御方《おかた》ですね。

以前も私のことを愛らしいなどと仰せになりましたし。

「干ばつが続いていますのでどうしても水が不足してしまいますね。あと一分ほどで雨は止《や》みますが、また定期的に降らせる必要があるかもしれません」

「フィリア殿、いつも悪いな。今年は本当に雨が降らなくて困っていたから、助かった」

「いえ、パルナコルタの繁栄に聖女として尽力することが私の務めですから」

オスヴァルト殿下は申し訳なさそうな顔をされますが、これが私の責務です。

そのためにこの国に来ましたので、この力は存分にパルナコルタのために振るわせて頂きます。

「おっ!?　本当に雨が止んだな。ピッタリ一分、寸分の狂いもない。さすがフィリア殿だ」

「これで問題ないでしょう」

「そうだな。……あっ！　あそこに虹が！　ほら、あそこ！　フィリア殿が作った虹だ！」

「虹ですか？」

子供のように興奮しながら、虹のある方向を指差すオスヴァルト殿下。

殿下の仰るとおり、虹が見えます。はて、あんなに虹というのは美しいモノだったでしょうか。

私は目に見える風景が以前と変わっていることに気付きました。


「そうだ、フィリア殿。ちょっと前に、大聖女の称号を得ただろう？　だからこれ、お祝いに買ったんだ」

並んで虹を見ていると、突然オスヴァルト殿下から小さな箱を渡されます。

確かに私は先月、ダルバート王国にあるクラムー教の教皇様より大聖女という過分な称号を頂きました。

この大陸にある全ての国の国教であるクラムー教。その教皇の権威は王族をも凌《しの》ぎます。ですから、大聖女の称号を頂くということは大変名誉であり、オスヴァルト殿下も喜んでくださいました。

しかし、そのお祝いにプレゼントを購入しておられたなんて……。何だか恐縮してしまいますね。

「えぇーっと、オスヴァルト殿下」

「受け取れません、なんて言わないでくれよ？　フィリア殿ならそう返すつもりだろうが」

オスヴァルト殿下は私のセリフを先回りして仰せになりました。

そんなに私ってワンパターンな返答しかしていないのでしょうか。ちょっと恥ずかしいです。

「フィリア殿がそうやって謙虚なのは美徳だと思っているし、俺もそういうところは感心している。

だが、これは何ていうか、そんなに高価なものじゃないし、俺の個人的なほんの気持ちなんだ。受け取ってくれ」

はにかみながら、オスヴァルト殿下は箱の中身が高価なものではないと仰せになりました。

殿下の個人的なお気持ちの品ですか。よく分かりませんが、それならば受け取らないというのも失礼に当たるでしょう。

「それでは、ありがたく頂戴いたします」

ミア以外からプレゼントを貰《もら》うのは初めてです。胸の内が温かくなる気がしました。

「ああ、帰ったら開けてみてくれ。と言っても、俺も女性にプレゼントを贈った経験は無くてな。イマイチ、自信がないんだが」

「ふふ、楽しみにしていますね」

自然に笑えるようになった自分に今でも少しだけ驚きます。

オスヴァルト殿下の前だとどうして、こんなにも感情が表に出るのでしょう。

自分でも理由がわからず殿下に相談すると、良いことだと仰ってくれました。その言葉を聞いて以来、私は自らの変化も楽しみにすることが出来るようになったのです。

明日はどんな自分になっているのか、それを知るために今日を生きようと思うようになりました。

「じゃあ、またな」

「はい。それでは、失礼します」

私はオスヴァルト殿下に挨拶をして、帰宅します。

今日もまた聖女としてのお務めを恙無《つつがな》く終えることが出来ました。

◆

「フィリア様～、そのブローチ可愛いですね～。オスヴァルト殿下からのプレゼントですか～？」

「り、リーナさん。何故《なぜ》それをご存じなんですか？」

帰宅してオスヴァルト殿下から頂戴した小箱を開けると中には蝶《ちょう》の形を模した銀色のブローチが入っていました。

この国で蝶とは平和と安寧の象徴ですから、オスヴァルト殿下らしいプレゼントだと思います。

しかしながら、頂いた私がそう思うのは自然なことですけど、リーナさんが言い当てるのは不思議で仕方ありません。

「えへへ～、実は先日オスヴァルト殿下からどんなプレゼントが良いのか相談されまして！　アクセサリーが良いのでは、と提案したんです～！。フィリア様、普段そういうの全然お召しになりませんし～」

「まぁ、リーナさんが。オスヴァルト殿下に」

そういうことでしたか。

よく考えてみれば、自然なことです。私に近しい人間にどんなものをプレゼントすれば良いのか相談するのは。リーナさんはこの国で一番私の側《そば》にいると言っても過言ではなく、人選として最適でしょう。

そんな彼女のアドバイスを聞いてこのブローチを選択されたということですね。

「でも、アクセサリーとしか提案していませんから〜。そのブローチはオスヴァルト殿下自身がフィリア様のことを想《おも》って、選ばれたものですよ〜」

このブローチは私を想ってオスヴァルト殿下が選んでくれたもの？　リーナさんの言葉を聞いて私はドキリとしました。

わざわざ私のために殿下が買い物をされたと考えるとそれだけで嬉《うれ》しいと感じます。

「多分、その銀色の蝶を選んだのはフィリア様の髪色と同じだからじゃないでしょうか？」

「髪の色と同じ？　そういえばそうですね」

「きれいですよね〜。私も男性からプレゼントが欲しいです〜！」

全く気付いていなかったのですが、リーナさんはこのブローチが私の銀髪と同じ色だからオスヴァルト殿下は選んだのだと推理しています。彼女が何だか名探偵に見えました。

私の髪とお揃《そろ》いの色を選んでくれたと考えると、それも何だかとても嬉しく感じます。

「しかし、わざわざ時間を取って、そこまで考えて選んで頂いたと考えると少しだけ恐縮してしまいますね……」

嬉しい反面、オスヴァルト殿下がそうまでしてプレゼントを渡してくださった事実に申し訳なさも感じてしまいます。

聖女としての責務を全うしただけですし、過分なお礼ではないでしょうか。

「フィリア様はパルナコルタだけではなく、大陸全体を救ったんですから、ささやかすぎるくらいだと思いますけど。……そうだ！　フィリア様、それならオスヴァルト殿下にプレゼントのお返しをしましょう！　きっと喜ばれますよ～！」

リーナは笑顔を見せてオスヴァルト殿下にプレゼントのお返しをすれば良いと提案しました。

なるほど、それは良い考えですね。

以前、感謝の気持ちを伝えるためにクッキーを焼いてプレゼントしようとしたときは大失敗しましたが、既製品を買えばその心配はなくなりますし。

ミアのもとに行くときに助けていただいたことのお礼もきちんと出来ていませんでしたので、いい機会でしょう。

ですが、一点だけ困ったことがあります。

「リーナさん、オスヴァルト殿下にプレゼントするにあたって適当なものは何でしょうか？」

「ん～、フィリア様もオスヴァルト殿下のように、殿下の周囲の方に聞いてみてはいかがですか？　それか、殿下に直接聞いてみてもいいかもしれませんよ～」

「本人に、ですか？」

「はい、オスヴァルト殿下に聞くのが確実ですよ！」

えっ？　オスヴァルト殿下本人に何が欲しいのか質問するのですか？

もちろん、それが一番手っ取り早いというか、正解を導き出せると思いますけど……。

「しかし、お返しを何が良いのか直接聞いたところで、何も要らないとお答えになりそうです。オスヴァルト殿下の性格からすると……。いえ、私でもそう答えてしまいそうです」

私がオスヴァルト殿下にプレゼントのお返しは何が良いのかお尋ねしても、きっと殿下は「気にしなくても大丈夫」だと答えるでしょう。

そう言われてしまうと、如何《どう》にもお返しの品が渡しにくくなる雰囲気になると思うのですが……。

「ですから、オスヴァルト殿下には悟られないように探るのです～。街で買い物をするから付き合ってほしいと殿下にお願いして、殿下が興味惹《ひ》かれるものを把握するんですよ～。そして、後からオスヴァルト殿下の欲しいものを購入するのです～！」

な、なるほど。オスヴァルト殿下と街で買い物をすれば、色々と品物を見ることになります。

そこで殿下の好みをリストアップして最適解を導き出せばよいということですね。やはり、リーナさんは頼りになります。

「それでは、さっそく殿下をお誘いしましょう。……ちょっと待ってください。ですが、リーナさん。忙しいと断られたらどうしましょう？」

「フィリア様、絶対に断られることはあり得ません！　このリーナを信じて、心配せずにお誘いください！」

リーナさんが私の懸念を一蹴されたので、それを信じてオスヴァルト殿下を買い物に誘うことにしました。

せっかく街に行くのであれば、新薬を作るための原料と、もしもの時のために作ろうと思っていたアレの材料も買いましょう。

殿下をお誘いするのに嘘《うそ》をついてはなりませんから。私もきちんと買い物をしませんと。

程なくして、私の誘いを快諾してくれたオスヴァルト殿下と城下町に買い物へ行くことになりました。

◆

「フィリア殿！　珍しいな、買い物に俺を誘ってくれるなんて」

リーナさんに相談してから数日後、私はパルナコルタの城下町でオスヴァルト殿下と待ち合わせしました。

殿下は笑顔を向けて手を振りながら私に駆け寄ります。買い物に誘うのは珍しいというか、初めてなのですが、予想外に緊張しますね。

いいえ、平常心です。これからオスヴァルト殿下の所望しそうな品物を見極めてリストアップするのですから。

「色々と買いたいものがあるのですが、手が足りそうになくてですね。レオナルドさんに頼もうと思っていたのですが、オスヴァルト殿下とお話しもしたかったので」

情けない話ですが、不自然ではないようにこの辺りのくだりはリーナさんに考えてもらいました。

そもそも、第二王子であるオスヴァルト殿下を荷物持ちとして扱っても良いものかと私は疑問を呈したのですが、彼女曰《いわ》く殿下は必ず嬉しいと答えると言うのです。本当でしょうか……。

「そうか。それは嬉しいことを言ってくれる。まずはどこに行く？」

「そ、そうですね。まずは適当にぶらつきませんか？」

リーナさんの慧眼《けいがん》と名探偵ぶりに感服です。やはりメイドという職業は気配りのお仕事ということもあって観察力などが鍛えられるのでしょうか。まさか本当に嬉しいと仰るとは。

いつも、彼女の鋭い意見に私は助けられています。

この「適当にぶらつく」というのも彼女がアドバイスした最初の行動です。彼女によれば私が行こうとしている薬の材料関連の場所にはオスヴァルト殿下のプレゼントに相応《ふさわ》しいものは売られてなさそうとのことでした。

「へぇ、本当に珍しいな。まさか、フィリア殿の口から〝適当〟なんて言葉が出るとは思わなかったぞ」

「えっ？　そ、そうですよね。変ですよね……」

いきなりピンチです。そういえば、私は基本的に行き当たりばったりを嫌います。

計画立てて動くことが当たり前でしたのに、こんな風に無計画だと口にすればオスヴァルト殿下も違和感を覚えるに決まっていました。

どうしましょう。さっそく、計画がバレてしまいそうです。

「いや、変じゃないさ。そうやって、余裕が出来たことは良いことだと思うぞ。……じゃあ、とりあえず、城下町をぶらぶら歩こう。今日は楽しくなりそうだ」

オスヴァルト殿下は優しく、余裕が出来て良かったと仰せになりました。

今までの私って余裕がないように見られていたのでしょうか。

よく考えてみれば、余計なことは極力しないようにしていましたし。見ようによってはそう見えていたのかもしれません。

私たちは城下町の中でも最も賑《にぎ》やかな商店が立ち並ぶエリアへと足を踏み入れました。

「らっしゃい！　らっしゃい！　この槍《やり》はどんな盾でも貫く無双の一閃《いっせん》！　大陸を超えたムラサメ王国の名工が作った特別製だよ！」

「パワフルフルーツ！　今日からあなたも一日一つこの実を食すだけで、あら不思議！　医者いらずの健康な体が手に入るよ！」

「この絵画はここだけの話、十年後には百倍の値段になりますよ！　天才の作品というものはドンドン稀少《きしょう》価値が上がるのです！　稀代《きたい》の天才画家、カピアの遺作〝悪魔の微笑〟！」

武器屋、果物屋、画廊、様々な商人たちが景気よく通行人たち相手に商売をしています。

活気があってこちらまで元気になる気がしますね。

「ほう、無双の一閃ときたか。ムラサメ王国には刃物の町という鍛冶屋ばかりが集まり切磋《せつさ》琢磨《たくま》している場所があると聞く。ちょっと見て行っても良いか？」

さっそく良い展開です。オスヴァルト殿下は槍に興味を示しました。

槍、ですか。私はミアを助けに行くためにオスヴァルト殿下と共にジルトニアへ向かった時のことを思い出します。

あのとき、オスヴァルト殿下の背中越しに拝見した槍の技量には驚きました。

フィリップさんに師事し鍛えられたとのことですが、血の滲《にじ》むような鍛錬を積まれたことが素人の私にも伝わりました。

なるほど、槍をプレゼントするのも良いですね。頭の中のメモに記録しておきましょう。

「いやー、悪かったな、フィリア殿。フィリア殿の買い物なのに、俺が店に行ってしまって」

「いえ、オスヴァルト殿下の興味のあるお店を見るのも楽しいですから」

「んー、そういうものか？　俺だけ楽しんでいるんじゃないなら、良いけど」

オスヴァルト殿下の少し後ろを歩いてみます。殿下の背中は大きく、そのきれいな金髪は光に照らされて殿下自身が太陽のように見えました。

どうしてオスヴァルト殿下の側《そば》にいると温かな気持ちになるのか分かりました。この方は私にとって太陽のような方だったのです。

それから私たちは薬草を見に行ったり、古書を見に行ったりしました。平たく言えば私のための買い物に殿下をただ付き合わせてしまったのですが……。

本来の目的を忘れないように頭を働かせつつ、私はこの時間が何よりも尊いものだと感じていました。


「へぇ、こんなに洒落《しゃれ》た店が出来ていたなんて知らなかった。フィリア殿、よく知っていたな」

「以前、ミアとグレイスさんと来たことがありましたから」

それなりに時間も経《た》ったので休憩も兼ねて、つい最近オープンしたばかりのお店で私と殿下はケーキと紅茶を頂くことにしました。

グレイスさんの故郷であるボルメルン産の茶葉が楽しめるこのお店は若い方に人気とのことで、今日も店内には若い女性がたくさんいます。

以前、ミアとグレイスさんの三人で街に来たときにこのお店を見つけたのです。ミアが私の私服を購入しようと提案して、城下町のお店を巡っていたときに、ちょうどお店の宣伝をされていた大道芸人を見て話のタネに訪れてみたのでした。

そのとき、頂いた紅茶がリーナさんの淹《い》れてくれたものに負けず劣らず美味《おい》しかったので、是非ともオスヴァルト殿下にも召し上がって頂きたくてお誘いしたのですが……。気に入って頂けて良かったです。

「こうやってフィリア殿とお茶を飲めるなんて。あなたがこちらに来たときは思わなかったな」

「そうですか？」

「ああ、ここに来たばかりのときは休めと言っても休まなかったとリーナもレオナルドも心配していたからなぁ。こういう時間を嗜《たしな》むようになってくれて嬉しいんだ」

言われてみれば、私がパルナコルタに来たばかりのときは聖女として何とかこの国に慣れなくてはという意識で頭がいっぱいでしたので、休むなどという発想がどうしても生まれませんでした。ですが……。

「えっと、殿下がどうしてお喜びになられるのでしょうか？　私は紅茶を飲んでいるだけですよ」

自分の変化は理解しましたが、オスヴァルト殿下が嬉しいと仰せになられる理由が分かりません。

私が聖女として何かしらの成果を得ることを喜ばれるのでしたら分かるのですが。

「初めて会ったときに言っただろう？　俺はフィリア殿にこの国を好きになって欲しいって」

「覚えています。変わったことを仰ると思いました。好き嫌いに関係なく聖女としての務めを果たそうと思っていましたから」

「知っている。だから嬉しいのだ。フィリア殿がこういう聖女とか関係ないところでも穏やかな日常を送ってくれることこそ俺の望みだった。それが叶《かな》ったのだから、喜びもする」

そんなにも私のことを気にかけてくださっていたなんて。

オスヴァルト殿下は最後まで私を買い取ることを反対されていたと聞きました。だからでしょうか……。

私はそのようなことを負い目に思っていて欲しくないのですが。

「どうした？　浮かない顔をしているが」

「いえ、何でもありません。もう一つケーキは如何《いかが》ですか？　ミアはこちらが美味しかったと申しておりました」

「そうか。たまには甘いものを思う存分味わうのもいいだろう。頂こう」

私がメニュー表を指差してオスヴァルト殿下におすすめしますと、殿下はそれを注文されました。

浮かない顔をしていては駄目ですね。今日は殿下のプレゼントを考えねばなりませんし。

紅茶とケーキを楽しんだ後、私たちはお店巡りを再開しました。

まだ、槍しか頭の中のメモには記入されておりません。

オスヴァルト殿下の好きなものをもっと探らねば。聖女としてのお務めよりも何倍も難しいので、頑張りませんと。

「あ、ここでフィリア殿にプレゼントしたブローチを買ったんだ。いい店だろ？」

オスヴァルト殿下が指差したのは小さな装飾品店でした。

ブローチの他にもネックレスにブレスレット、色々と身に着けるものがありますね。そういえば、大破邪魔法陣を作る際にネックレスを作りましたね。

こうやって、日常で身に着けられるものに魔術的な効果を付与させるのは魔導具の基本だと聞いたのでそうしたのですが……。次はネックレスだけではなく、ブレスレットや他のアクセサリーにしても面白いかもしれませんね。

「フィリア殿、そのブレスレットに興味があるのか？　気に入ったのなら、買おうか？」

「い、いえ、そういうわけではありませんので。空いている時間にアクセサリーを作ろうかと思いまして」

「ほう、そうなのか！　じゃあ、俺にも一つ頼もうかな。フィリア殿が作るアクセサリーに興味がある」

いけませんね。参考にしようとジィーっと観察していましたら、オスヴァルト殿下に勘違いされてしまいました。

プレゼントを探るために動いているのにプレゼントを貰うなんて間抜けな話も良いところです。

んっ？　今、オスヴァルト殿下、何か仰せになりませんでした？　確か「フィリア殿が作るアクセサリーに興味がある」と仰ったような気がしたのですが……。

「どうしたんだ？　考え込むような顔して。俺、何か変なことを言ったか？」

「い、いえ、是非とも作らせてください。必ず製作させて頂きます！」

「お、おう。そこまで力入れなくても大丈夫だぞ。気長に待っているから」

アクセサリーを手作りしてプレゼントですか。考えてもみませんでしたが、良いかもしれません。

戻ったらリーナさんに聞いてみましょう。第一候補の槍とどちらが良いのか……。

「せ、聖女様！　あ、あのう。恐縮ですが、そちらのブレスレットは購入されないのでしょうか？」

「あ、はい。申し訳ありません。購入しないのにここに陣取っていては邪魔ですよね」

背後から話しかけてこられたのは赤毛の女性でした。どうやら、私が見ていたブレスレットを購入されたいみたいです。

私は彼女がブレスレットを手に取れるように、場所を譲りました。

「いえ、決してそういうわけでは！　では、失礼して……」

赤毛の女性はブレスレットを手にして嬉しそうな顔をされます。

そして、店主のもとに行って代金を支払い、先日オスヴァルト殿下に頂いた小箱と同じものを手にしてこちらに駆け寄りました。

「せ、聖女様、すみません。お嫌でなければ、握手して頂けませんか？　そ、尊敬しているんです。私……」

「あ、握手ですか？　それは構いませんが」

赤毛の女性は頬を桃色に染めながら握手がしたいと言われます。

以前、グレイスさんにも同じことを言われたような気がします。私は彼女と握手をしようと手を差し出しました。

「あ、ありがとうございます！　一生の思い出にします！」

彼女は満面の笑みを浮かべて頭を下げて店から出ていきました。外にはお付きの方もいましたので貴族の方なのでしょう。

喜んで頂けたのでしたら何よりです。しかし、一生の思い出とは大袈裟《おおげさ》な気もします。

「あの子はヘッケマン男爵家のご令嬢だな。たしか名前はカレンだったたか」

「よくご存じなんですね」

「あー、先代聖女のエリザベス殿が亡くなったとき、代わりに聖女になれそうな者を探したんだ。魔法が使える女性をな」

赤毛の女性の身元をひと目で知っていると口にされたオスヴァルト殿下は、その理由を話し始めました。

どうやら、そのことはエリザベスさんが亡くなり、聖女が一時的にいなくなったことと関係するみたいです。

「魔法が使える女性は多くなかったが百人くらいはいた。聖女として適齢なのはその半分くらいだったか。そのときリストアップした人物の一人なんだよ、彼女は」

「なるほど、それでオスヴァルト殿下はご存じだったわけですね」

「ああ。結局、聖女になれるほど強い魔力を持っていた者は一人もいなかったけどな」

オスヴァルト殿下は力のある者はいなかったと遠い目をされながら言いました。

確かに教会が認めるほどの魔力の強さを持って生まれる者は稀《まれ》です。そういう背景もあって、ほとんどの国で聖女は世襲制になっているのです。

「だから、フィリア殿がこの国に来てくれて本当に助かった」

「お役に立てて何よりです」

「ははは、まぁそういう事情があったってことだよ。じゃあ、そろそろ行こうか」

ニコリと笑ってオスヴァルト殿下は店を出ようと提案しました。

私がここに来るにあたって、殿下も苦心されたのですね。なればこそ、オスヴァルト殿下は私に気を遣ってくださっているのでしょう。

　その優しさは私が聖女だからということは分かっているのですが、心地よく感じてしまうのでした。

第一章 神隠し事件

chapter One

「次はどこに行こうか？　そろそろフィリア殿の買いたいものを揃《そろ》えた方が良い気もするが……」

装飾品店の外に出て、オスヴァルト殿下は次に行くお店の話をされました。

どうしましょう。私としてはもう少し情報を収集したいのですが。

おや？　これは、先程カレンさんが……。

「どうした？　何かあったのか？」

「いえ、これが落ちていたのですが」

「んっ？　それはこの店の箱か。包装されているということは、誰かが買って落としたのか」

店先に落ちていたのは、この装飾品店の小箱です。手に持った感じ中身も入っています。

「店に入る前には落ちていませんでしたから、おそらくカレンさんが落としたのかと」

「なるほど、それならヘッケマン男爵家に届けに行かせよう」

そう言われて、オスヴァルト殿下は護衛の兵士の方に小箱を渡そうとしました。

カレンさんは随分とこのブレスレットを気に入っていたように見えましたので、良かったです。

せっかく買ったものを無くされるなんて可哀想《かわいそう》ですから。

「お嬢様――っ！　カレンお嬢様！　やはり、こちらにもいない！　一体、どこへ!?」

おや？　あちらの男性はカレンさんのお付きの方ですね。

カレンさんを捜しているように見えます。はぐれてしまったのでしょうか。

「おーい！　ヘッケマン男爵家の者か？　どうしたんだ？　カレン殿を捜しているように見えるが」

オスヴァルト殿下は彼に事情を聞かれます。はぐれると言っても、カレンさんが店を出られてまだそんなに時間も経《た》っていません。

この近くにいるとは思いますが……。どうもあの様子は変です。少し見失っただけであんなに取り乱すでしょうか。

「お、オスヴァルト殿下！　わ、私はヘッケマン男爵家の執事、ジョンと申します！　実はカレンお嬢様が消えてしまわれたのです！　煙のようにドロンと！　私の目の前で！」

「「――っ!?」」

これはどういうことでしょう。

今、ジョンさんと名乗ったこちらの男性。カレンさんが消えた、と言いました？　比喩表現には聞こえませんでした。

まるで、カレンさんがジョンさんの目の前で物理的に急に消え去ったと言っているように聞こえます。

「ジョンとやら、落ち着け。人が急に消えるはずなかろう。何か見間違ったのではないか？」

私と同じことをオスヴァルト殿下も思ったのでしょう。

まずはジョンさんを冷静にさせて状況を把握することが先決ですね。私も何かの見間違いだと思いますから。

「すみません。取り乱しました。しかしながら、冷静に考えても私の記憶は変わりません。カレンお嬢様はフィリア様と出会われて、握手をされたと喜んでおりました。そして、購入されたその小箱を鞄《かばん》から取り出した瞬間に、お嬢様は私の目の前で消えたのです」

ジョンさんはあくまでもカレンさんが消えたのだと主張します。事実としてカレンさんがいません。嘘《うそ》をついているようには見えません。見間違いにしても、事実としてカレンさんがいません。これだと本当に消えたということでしょうか。

それとも、何か別の要因があるのでしょうか……。

「フィリア殿、人がいきなり消えてなくなるなんてことあり得ると思うかい？　そういう魔法があるとか」

「少なくとも私の知識の中にはそのような魔法はありません。しかし、だからといってあり得ないと断ずるほど、私は自分の知識に自惚《うぬぼ》れてはいません。その可能性もあるかと存じます」

「うーむ。フィリア殿が知らぬとなると、とんでもないことが起こっているか、単なる見間違いで、カレン殿が気まぐれで隠れているか、だが」

ジョンさんの話からすると会話の途中でカレンさんは消えたのですから、驚かせようとしたとか、迷惑をかけてみようとか、そういう意図があったとは考えにくいです。そういうことをされる方には見えませんでしたし。

やはり、カレンさんは本当に消えた。何らかの要因があって消えてしまったと考えるのが自然でしょう。

「オスヴァルト殿下、まずはカレンさんを捜しましょう。王都中、いえパルナコルタ中で捜索すべきだと思います。どうにも嫌な予感がするのです」

「そうだな。俺もそう思う。兄上に頼んで至急、捜索を開始しよう」

私がオスヴァルト殿下を見ると殿下は頷《うなず》き、カレンさんの捜索を開始すると仰せになりました。

煙のように人が消えたという奇怪な事件。私とオスヴァルト殿下はいつの間にか買い物のことを忘れて、その調査に身を乗り出していました。

こうして、その日のうちに王都全体、いえパルナコルタ王国全体で捜索が開始されました。

しかし、残念ながらカレンさんは見つかりませんでした。それどころか、とんでもない事実が浮上したのです。

◆

「カレンさん以外にも消えた方がいたのですか？」

捜索が開始されて一週間後のことです。私の家を訪問されたオスヴァルト殿下は私に驚くべき事実を伝えられます。

それはカレンさん以外にも同様に煙のように消えて行方不明になった方がいるという話でした。

「うむ。カレン殿以外に二人ほど……。ティナ・マーセル、ミリア・アルドルフ。実はこの二人には共通点があってな」

「共通点、ですか？」

「一週間前に話した聖女候補のリスト。実はこの二人もそのリストに入っていた。つまり魔法が使える女性ということだ。たまたまかもしれんがな」

カレンさんの他にも魔法が使える女性が二人消えてしまったということですか。

たまたま、というのは考えにくいですね。魔法が使える人間は少なく、その中で女性という条件となるとさらにその半分。三人がそれに該当するとなると、作為的なものを感じます。

それが何なのかさっぱり分かりませんが……。

「オスヴァルト殿下！　フィリップ・デロン！　参上しました！」

そんな話しをしていますと、門の方からパルナコルタ騎士団の団長であるフィリップさんの声が聞こえました。

どうして、フィリップさんが我が家に？　オスヴァルト殿下が呼ばれたみたいですが。

「殿下！　どうやら他国でも〝神隠し事件〟が起きているみたいです！」

「やはり、そうか」

「被害者は殿下の推測したとおり、魔法が使える女性のみ！　原因はどの国も究明出来ておりません！」

フィリップさんが口にした〝神隠し事件〟――カレンさんたちが消えた事件に付けられた名称です。

そして、その〝神隠し事件〟は他国でも起こっている。それは由々《ゆゆ》しき事態でした。

原因も何も分からず、ただ人が消えるという不可解な現象。一体、どうなっているのでしょう。

「というわけだ、フィリア殿。しばらくの間、フィリップたち騎士団をこの屋敷の護衛に配置させてもらう」

オスヴァルト殿下は急にフィリップさんたちを私の護衛にすると口にされました。

私の護衛ならリーナさんやレオナルドさん、それにヒマリさんもいるので十分すぎると思うのですが……。

「護衛を増やすことには何か理由があるのですか？」

「フィリア様はパルナコルタ！　否、大陸全土で最も高い魔力を持っている女性ですから！　警備はオスヴァルト殿下だけでなく、ライハルト殿下からの命令でもあります！」

フィリップさんは背筋をピンと伸ばして、私の魔力の大きさについて口にされます。

確かに魔法が使える女性という分類には私も入りますね。〝神隠し事件〟の被害者になり得るということですか……。

「フィリップの大きい声を我慢してもらうことになるが、大破邪魔法陣を保っているフィリア殿は既にパルナコルタだけでなく、近隣諸国すべての命運を握っている。その警護としてはこれでも少ないくらいだ」

大破邪魔法陣は私がこの場から消えると効果を失います。オスヴァルト殿下が私が近隣諸国の命運を握っていると仰《おつしや》ったのはそういうことなのでしょう。

「わかりました。フィリップさん、ご無理をなさらずにくれぐれもご自愛を」

「残念ながらそれは承服出来かねます。我々騎士団、いや、レオナルド殿たちも含めて命を賭してフィリア様をお守りする所存ですから」

私はフィリップさんたちが警護をしてくださるというお話を受け入れました。

この国の安寧が崩れるかもしれませんので、自衛はしないとなりませんね。原因が分かりませんので不安ではありますが。

魔法が使える女性が姿を消す〝神隠し事件〟。誰がどのような目的でことに及んでいるのか、早く原因を突き止めねば。

ミアやグレイスさんも狙われる可能性がありますから。


「パルナコルタでは、三名！　ボルメルンでは三名、ジルトニアでは二名！　現在確認されているだけで大陸全土で二十人近い被害が出ている模様です！」

フィリップさんが警護を開始して二日後……。彼は事件について王宮が調査した内容を私に知らせてくれました。

「攫《さら》われた女性の年齢はおおよそ十五歳から二十五歳に収まってます！　女性のみを狙うだけでなく、この年齢層にも何か意味がある！　と、国際調査チームは考えているみたいであります！」

「ふーむ。犯人のストライクゾーンですかな」

「やだ～、レオナルドさ～ん。発想がいやらしいです～」

フィリップさんの話を聞いて、リーナさんとレオナルドさんも腕を組んでいます。

ストライクゾーンはよく分かりませんが、魔力の波長は年齢や性別によって変化します。

私も魔力を感じるだけで大体の年齢と性別を当てることが出来ますから、犯人がその年齢層の女性の魔力を欲しているのは明確でしょう。

魔力を欲する理由。それさえ解《わか》れば事件解決の糸口に繋《つな》がるのでしょうが。


「あと、二点ほど気になることが！」

「気になること、ですか？」

フィリップさんはさらに気になることがあると私に伝えられました。

何でしょう。神隠し事件と関係があることなのでしょうか。

「大破邪魔法陣によって各国の聖女たちの活動時間に余裕が出来たと聞いております！　その時間を利用して、次にこのような危機が訪れたときのために！　聖女たちの力の底上げや国際的な意見交換をする場を設けようという提案がなされました！　すなわち聖女国際会議《セイントサミット》なるものを開催しよ

いるとも。

確かに、私の魔法陣によってミアやグレイスさんは暇になったと言っていました。修行が捗《はかど》って
聖女とは基本的に激務。休日は身体《からだ》を休めることだけで精一杯という方も多いと聞きます。

この長い休暇を利用して、国境を超えて自己を高めるのも良いかもしれません。

「へぇ～、ということは、そのサミットとやらはパルナコルタで行われるってことですよね～？」

リーナさんは当然、聖女国際会議《セイントトサミット》はこの国で行われると決めてかかりました。

「なぜ、この国で行われるのでしょう？　ダルバート王国みたいな大国で行った方が有意義だと思うのですが」

「フィリア様、それではフィリア様が参加不可となってしまわれますぞ」

「そうですよ～。みんなフィリア様に会いたくて参加するんですから～」

「そ、そうなのですか？　皆さんが私に？」

「大陸を救った大聖女様ですからなぁ。同業者なら会いたいと思うでしょう」

リーナさんとレオナルドさんはパルナコルタの王都から出られない私に合わせて、この国でサミットは開かれると予測されました。

しかし、聖女が集まるということは。

「魔力を持つ女性が多く集結することになりますね。このパルナコルタ王国の王都に」

「左様です！」

うと！」

フィリップさんは私の言葉に頷きます。

聖女の年齢も様々ですが、二十歳前後の方が最も多い。つまり、神隠し事件の被害者の年齢層と重なるということです。

これは、被害が出る前にサミットの開催自体も考えた方が良いでしょう。

「フィリップさん。それで、もう一つの気になる点とは？」

フィリップさんが二つあると言っておられました、もう一つの点について尋ねました。

恐らくそれも事件に関連した話なのでしょう。

「いえ、これは事件に関わりがあるのか分かりませんが！　ジルトニアの地下牢《ちかろう》に投獄されている第二王子ユリウスが、消えました！」

「き、消えた？　処刑されたのではなく……？」

「はい！　まるで煙のように！　今回の神隠し事件と酷似していますが、関連については何も分かっておりません！」

連続神隠し事件とユリウスの消失事件。

これらが周辺諸国すべてを巻き込んだ大事件に発展するとは、このときはまだ思いもしませんでした。

◆

「フィリア様～。何をされているのですか？　あーっ、可愛《かわい》いブレスレットですね。前に仰ってい
たオスヴァルト殿下へのお返しですか？」
私がブレスレットを触っていると、リーナさんが話しかけてきました。
彼女はこのブレスレットのことを先日相談したオスヴァルト殿下へのプレゼントだと思ったみた
いですね。
「いいえ、有事ですから殿下へのお返しはまた別の機会に。ですが、いつか手作りしてプレゼント
するために練習をしてみたのですよ。イヤリングや指輪もあります」
最近、私は装飾品作りを始めました。
本を購入し、それを読みながら魔法で金属や魔石を加工するのは思っていたよりも楽しく、色々
なものを作ってみたのです。
「あのフィリア様がついにオシャレに目覚めてくれました～～。ぐすん。オスヴァルト殿下へのプ
レゼントのためとはいえ、まさかアクセサリー作りを始めるなんて」
「リーナさん、今の話に泣くような要素が見当たらないのですが」
「だってぇ、フィリア様ったら……衣服とかアクセサリーとか、お化粧にもまるで興味がなかった
じゃないですか～～！」
涙ながらに私がオシャレに無頓着だったことを語るリーナさん。

彼女の言うとおり、私は身に着けるモノに特にこだわりがありません。仕事着のローブが数着と、動きやすい格好に寝間着。これらが揃っていれば不便を感じることなどなかったのです。

ですから、そのことを知ったミアやグレイスさんに連れられ、半ば強引に王都の衣服店で買い物をさせられて、そのあとに化粧品も買わされて。とにかく慣れないことを多くしました。

ミアは今年流行《はや》っている色はこれだとか、こんな風に着るのがオシャレとか、丁寧に説明するのですが、自分でも驚くほど理解出来ませんでした。そのときにオスヴァルト殿下と紅茶を頂いたお店を見つけたのですが……。

リーナさんはそんな私を知っているから、このような反応ということでしょうか。それを踏まえても泣く理由が分からないです。

「こちらのブレスレットは自信作なんです。リーナさん、よければ貰《もら》って頂けませんか？」

私は紫色の魔石が光るブレスレットをリーナさんに手渡しました。

彼女はキョトンとした表情でソレを眺めます。

「えっ？　えっ？　い、良いんですか〜？　こんなに素敵なブレスレットを頂いても〜!?」

「はい。このブレスレットはリーナさんにと思って作りましたから」

「フィリア様〜〜！」

リーナさんのためにブレスレットを作ったと述べると、彼女は力強く私を抱きしめてこられました。

ここまで喜ばれるとは思いませんでしたので驚きましたが、私も少し嬉《うれ》しい気持ちになりました。

◆

「フィリア殿！　畑で穫れた野菜だ。レオナルドに渡してくれ」

リーナさんにブレスレットを渡した日の夕方、オスヴァルト殿下が野菜をたっぷり持ってこられました。

「フィリップたちとは上手《うま》くやってるか？　フィリア殿に迷惑かけてないか心配なのだ」

「ふふっ、フィリップさんも騎士団の皆さんも紳士ですよ。この前はあの高い木から降りられなくなった子猫の救出作業を行っていまして」

「子猫を救出？　おいおい。あいつら、真面目に護衛してくれないと困るぞ」

「いえ、屋敷の者が総出で庭に出ておりましたから、安全でしたよ。この国のどこよりも」

「そっか。なら良かった」

それにしてもオスヴァルト殿下とは会うたびに世間話をするようになりましたね。この前は一緒にお出かけもしましたし。

「そうだ。フィリア殿、兄上からダルバート王国の退魔師が来る話は聞いたか？」

「退魔師、ですか？　いえ、存じ上げません。ダルバート王国にはまだそういった生業の方がいらっしゃるのですね」

退魔師――悪霊退治の専門家と呼ばれる職業だと聞いたことはありますが、会ったことはありません。

そもそも悪霊というものの存在自体が、怪しいと思われているからです。私もその存在には懐疑的でした。

しかし、このタイミングで私のもとに来られるということは。

「まさか、神隠し事件が悪霊の仕業とでも」

不可解な現象を悪霊のせいだと考えることは不自然ではありませんが、些《いささ》か信憑《しんぴょう》性《せい》に欠けます。

ですが、退魔師が来る理由は他には思いつきません。

「半分正解だ。こちらに来るという退魔師は、クラムー教会の本部にある裏組織とやらに所属している連中の一人らしい。ただ、そいつの専門は悪霊じゃなくて、〝悪魔退治〟。悪魔ってのは魔界の住人なんだって。教皇様が事件に悪魔が関わっているかもしれないと、直々に大聖女を守るように命令を下したんだとか」

悪魔ですって？　確かに古代の文献にも悪魔に関する記述は多かったですが。まさか、地上にそんな存在がいるなんて、にわかには信じがたい話です。

しかし、教皇がわざわざ命令を出すということは本当なのでしょう。悪魔について調べる必要がありますね……。

その日の夜、私は悪魔に関する記述がある文献を読み漁《あさ》りました。

悪魔とは魔物と違って人語を話し、強力な魔法が使え、生命力が強く、人間よりも遥《はる》かに寿命が長い種族とのことです。

中には話せない者もいるみたいですが、上位の悪魔ほど高い知能を持つと書いてありました。どこまで真実なのか分かりませんが、中には魔王と呼ばれる神にも匹敵するほどの力の持ち主もいるとのことです。

もしも、そのような者たちが神隠し事件の犯人なら、私たち人間に気付かれることなくことに及ぶことも可能かもしれません。文献を読む限り人智《じんち》を超えた能力を持っていても不思議ではないからです。

しかし、そうなると悪魔には魔物たちと違って大破邪魔法陣の効果が薄いと見なくてはいけません。

大陸全土を覆う魔法陣は魔物の力をほとんど無力化しています。

その範囲内で人間を煙のように消すというやり方で人攫いを行っているということは、大破邪魔法陣が効いていない証拠に他なりません。やはり魔物とは全くの別物として扱うべきでしょう。

ある古文書に悪魔という存在は本来魔界の住人だという記述がありました。魔物が地上とは比べ物にならないほど生息しており、太陽の光すら当たらない暗闇の世界である魔界。

そんな世界に悪魔たちは生息しているとのことです。

古代人が文明を築いていた時代、魔界は地上と繋がっており、多くの魔物と悪魔が地上に出てきては人々を襲っていたらしいです。

悪魔に関する記述のほとんどはこの時代のもので、古代人はその地獄のような状況を見兼ねて、ある古代術式を使って魔界を地上と切り離したとも記されていました。

こうして現代では魔周期のみ魔界が近付き、影響が生じるようになったのでしょう。その頃と比べると現代は随分と平和なのかもしれませんね。

しかし、今はその魔周期。そして、悪魔とは魔界の住人。これには因果関係がありそうです……。


「フィリア様、起きていらっしゃいますか？」

「ヒマリさんですか。珍しいですね。私の寝室に来られるなんて」

悪魔についての書物を読んで、その要点をノートにまとめていますとヒマリさんが部屋へと入ってきました。

ノックもせずに急いで来られたということは非常事態なのでしょう。

「フィリア様、不可解な事態が生じました。外で警護をしているフィリップ殿たちが突然に倒れたのです。何が起きたのかは不明です」

フィリップさんたちが倒れた？　パルナコルタ騎士団は精鋭中の精鋭です。

特にフィリップさんは世界一の槍《やり》の使い手で、その実力は大陸を超えて有名なほど。

簡単に倒されるとは思えません。

この状況から考えられるのは――。

「ヒマリさん、私から離れないようにしてください。リーナさんとレオナルドさんを呼びにいきます」

「しかし、ここは逃げた方が」

「相手はワザとフィリップさんが倒れたことを見せつけた可能性があります。外に出る方が危険です。こちらで迎え撃ちます」

「フィリア様を見誤っておりました。戦う意志が宿っているがゆえの覇気がある表情をされるとは」

どんな顔をしていたのか分かりませんが、私は自分を守るために倒れた方がいるという事実が許せませんでした。

フィリップさん、騎士団の皆さん、どうかご無事で。

部屋を出て、リーナさんとレオナルドさんと合流し、共に玄関の扉の前に構えて立ちます。もしかしたら、窓から侵入してくるかもしれませんので、そちらも警戒しながら、神経を研ぎ澄ませました。

「ひゃう!? 外から足音が聞こえますよ～。フィリア様」

「静かに。そして何が起きても冷静さを失ってはなりません」

怖がるリーナさんに静かに告げて、私は足音から速度を計算して、そのときが来るのを待ちました。

「――へぇ、フィリアちゃんって結構可愛いじゃん。大聖女っていうだけあって、美味《うま》そうな魔力をもってんのな」

扉をすり抜けて出てきたのは、真っ白な肌に端整な顔立ちをした男性です。まるで作り物のようにその造形が整っていたので、私はそれが逆に不自然に感じてしまいました。

ランプの灯《あか》りに照らされて見えた彼は、笑みを浮かべて値踏みするようにこちらを見ているのです。

この方は？　しかし、考えても意味がありません。状況からフィリップさんを倒したのは彼である可能性が高い。迂闊《うかつ》に近付くのは危険でしょう。

「フィリア様に手出しはさせない」

「お引き取り願いますぞ！」

その瞬間、ヒマリさんとレオナルドさんが飛び出しました。

いけません。フィリップさんたちを倒した方法も分からないのに手を出すのはまずいです。

「……ちょっくら、寝てな。僕ァ、そこにいる美人さんにしか興味がないんでねぇ」

侵入者が指を二人に向けると六芒星《ろくぼうせい》の魔法陣が展開して青白い光が放たれました。

すると、その光を浴びたヒマリさんとレオナルドさんは力なくその場に倒れます。あ、あの光は？

「ひ、ヒマリさんもレオナルドさんも、一瞬で～」

「大丈夫。二人は無事ですよ。眠っているだけです」

「ほう……」

フィリップさんたちがあっさりと倒されたという話を聞いて、私はある程度の予測を立てていました。

相手は魔術が使える存在で、睡眠や麻痺《まひ》など行動の自由を奪う術式を展開したのでは、と。

「さっすが、大聖女というだけあって冷静じゃない。普通は護衛がやられたら、取り乱すもんだけどねぇ」

「……目的は何ですか？　もしや、あなたが神隠し事件の犯人ですか」

「そりゃあ、どーだろう？　フィリアちゃんがデートしてくれたら、答えてやってもいいぜぇ。さてと、そっちの小さいお嬢ちゃんにも眠ってもらおうかね」

「そうですか」

今度はリーナさんに侵入者は指を向け、魔法陣を展開させようとします。

しかし、彼の腕が上がることはありませんでした。彼も自分の異変に気付いたみたいです。

「うっ……、どうして身体が動かない？」

「聖光の鎖《セント・バインド》……。ミアには劣りますが、私も術式の起動スピードには自信があります。それだけに、慎重に出方をうかがい、ヒマリさんとレオナルドさんがあなたの毒牙にかかってしまったのは迂闊でした」

「い、いつの間に？」

私は巨竜をも拘束できる光の鎖で侵入者を縛り、動きを封じることに成功しました。

未知の相手に警戒しすぎて、初動が遅れたことは痛恨の極みです。彼の使った術式に殺傷能力が無かったから良かったものの、判断を間違ったとしか言いようがありません。

「たはは、やっぱ強い女ってのは唆《そそ》るよなァ。あの方が欲しがるわけだ」

「あなたは何者ですか？」

私は十全に注意を払いつつ、彼に質問をしました。魔力の波動も歪《いびつ》で、凡《およ》そ人間のモノとは思えません。

つまり、そこから導かれる答えは……。

「悪魔よ。察しはついているんでしょ？」

「げぎゃッ!?」

目の前で吹き飛んだのは、男の首。

それと同時に現れたのは、刃が真っ赤な鎌形刀剣《ファルシオン》を片手に携えた金髪の少女。

この日、私は初めて退魔師という存在を目にしました。


その金髪の少女は、ファルシオンを鞘《さや》に収めて私の前に歩いて来ます。

あのように派手に首を切り落としたのに血が一滴も流れていません。彼女はこの男性を悪魔だと言っていましたが、人間でないことは明確みたいです。

「初めまして、大聖女さん。あたしはエルザ・ノーティス、退魔師よ。クラムー教会本部・大司教ゼノスの名のもとにあなたの身辺警護に来たわ」

エルザと名乗った退魔師はクラムー教会の本部からやって来たと私に告げます。

あの赤い刃のファルシオン。魔力浸透率の高い鉱石を使った特別製ですね。加えて彼女から感じる魔力も高いです。

聖女であるミアやグレイスさんよりも上かもしれません。

そして、あの身のこなし、退魔師とは聖女よりも戦闘に特化した存在のようです。

「フィリア・アデナウアーです。エルザさん、遠いところから御足労頂きありがとうございます」

「確かにダルバートからパルナコルタは遠かったけど、なんてことないわ。大聖女さん、悪魔を見たのは初めてかしら？」

表情一つ変えずにエルザさんは私に質問をされました。

悪魔を見たのは初めてですが、それよりも驚いたことがあります。

「ええ、仰るとおり初めて見ました。しかし、それよりもこの悪魔とやらが、まだ生きていることに驚愕《きようがく》を禁じ得ません……」

「「――っ!?」」

「えっ？　フィリア様？　首が落ちてるんですよ。生きてるわけないじゃないですか」

リーナさんは生きているわけがない、死んでいると決めつけていますが、魔力の波動が力強く残っていることと、心臓の鼓動のような音が聞こえたことから、私はこちらの悪魔がまだ生きていると推測しました。

「へぇ、思った以上に鋭いじゃない。もう起きていいわよ。マモン……」

「はいはい。今起きますよっと。姐《ねえ》さんったら、容赦なくぶった斬るんだもん。びっくりしたぜぇ」

私が悪魔はまだ生きていると告げると、エルザさんの声と共にマモンと呼ばれた悪魔は立ち上がりました。

そして自分の首を片手で持ち上げて抱えます。どう見ても人間ではありませんね……。


「な、生首が喋《しゃべ》った～～！」

リーナさんはマモンさんが立ち上がるのと同時に落ちていた彼の首が口を開いたことに驚いたようです。

「おっと、ごめんな。驚かせちゃったみたいだねぇ。すぐに戻すからね」

マモンさんは抱えていた、顔を胴体に押し込みます。

すると、彼の頭は元通りに胴体と接合されました。出血しない上に一瞬で接合可能とは不思議です。

「さすがは大聖女さん。マモンのこれを見て眉一つ動かさないなんて、度胸があるのね」

「いえ、昔から感情が表に出にくいだけです。十分に驚いてます」

首を切り落としても生きているとは、文献での記述以上に生命力が高いです。

それ以上に落とした首が再び繋がったことに驚きましたが。

「それより、退魔師って悪魔を退治するのがお仕事じゃないんですかぁ？　そっちの悪魔さん、エルザさんを慕ってるみたいに見えるんですけど」

　リーナさんはマモンさんがエルザさんに付き従っていることに対して疑問を呈します。

　そもそも首を斬った理由も分からないのですが。


「ああ、こいつはあたしの家系に代々仕えている使い魔なの。ノーティス家とマモンは契約をしていてね。彼はあたしに絶対服従ってわけ」

「その代わり姐さんが死んだら、魂を喰《く》わせてもらう契約なんだがねぇ。僕ァそれが楽しみで姐さんにくっついているのさ。くっくっく……」

　つまり、悪魔を使役しているということですか。

　餅は餅屋、蛇の道は蛇、ということわざがありますが、退魔師の稼業もそれに近い感覚なのかもしれません。

「闇討ちのような訪問をされたのは、悪魔の恐ろしさを私たちに知らしめる意図があったということでしょうか？」

「その件は悪かったわね。この馬鹿があたしの話を聞いて先走ったのよ」

「だって、実物を見てもらった方が早いじゃん」

「そうね。実際、首を切り落としたおかげで説明の手間は省けたけど」

「フィリアちゃん、聞いたか？　ちょっとお茶目な行動しただけで、首をぶった斬るんだぞ。ウチのご主人さまは。僕ァ、暴力ですぐ解決するのは反対なんだけどなー」

エルザさんとマモンさんは口々にお互いの愚痴をこぼし合います。こうやって見るとマモンさんは顔色が悪く生気が薄いだけでごく普通の男性なのですが。

どうやら、全ての悪魔が人間の敵というわけではなさそうです。

とりあえず立ち話はここまでにして、詳しい話を聞かせてもらいましょう。


眠らされてしまったフィリップさんたちを治癒術式で目覚めさせ、リーナさんにお茶を淹《い》れてもらい、落ち着いたところで話が始まります。

「退魔師のエルザ殿とその使い魔のマモン殿。まさか、悪魔に一杯食わされるとは。一生の不覚である」

「フィリップさん、あなたに非はありません。相性が圧倒的に悪かったのですから」

「いえ、フィリア様の護衛の任を授かりながら、この体たらく。情けないです」

フィリップさんやヒマリさんは特にショックを受けていますが、未知の相手に魔術を使われたのでは勝ち目がないのは当然です。

しかし、皆さんにもプライドがあるのでしょう。下手な慰めは逆効果みたいですね。

「じゃあ、今からみんなで悪魔について勉強しましょ〜。今度はフィリア様をお守り出来るように」

「いいねぇ。リーナちゃん。そういうポジティブなとこ、僕ァ好きだなぁ。五年経ったらデートしようぜ」

「調子に乗らないで」

「ひぇっ……！」

「首が吹き飛んだ……」」

リーナさんが前向きな言動をすると、マモンさんが彼女の肩に手をまわしナンパを始めたため、エルザさんは再びファルシオンで彼の首を吹き飛ばしました。

「だ〜か〜ら〜、一発芸感覚で首を刈るの止《や》めてもらえないっすか？　未来のデート相手ちゃんを驚かさないで欲しいんすけど」

「首がくっついた！」」

首を抱えて振り向いた後に再びそれを胴体に接合させるマモンさんは、エルザさんに苦言を呈します。

相変わらず出血もありませんし、痛みを感じている様子もありません。悪魔の身体構造は根本から人間と異なるみたいですね。

「この馬鹿のことはほっといて、さっそく神隠し事件の話をさせてもらうわ。そして、大聖女さんとの関係も」

「私との、関係ですか？」

首を切り落としたエルザさんはマモンさんのことは歯牙にもかけず、話を進められます。

神隠し事件は私と関係がある？　エルザさんがこちらに来た理由は単純に護衛というわけではなさそうです。

「この事件の首謀者は魔界でも屈指の実力者の一人、アスモデウス。目的は最初の聖女にして、先代の大聖女、フィアナの復活よ。若い女の魔力を大量に集めて、フィリア・アデナウアー、あなたの肉体を依代《よりしろ》にして、彼の目的は達成されるの」

「フィアナ様の復活？　私の魂を利用して……。それはどういうことなのでしょうか？」

退魔師であるエルザさんは、神隠し事件の目的は若い女性の魔力と私の身体を利用して大聖女の復活を試みることだと話しました。あまりにも荒唐無稽な話で理解が追いつきませんでしたので、私はエルザさんにさらに質問をします。

常識的に考えて、数百年前に亡くなった人間を蘇《よみがえ》らせるというような所業は不可能だと思うのですが。

「大聖女さんは、輪廻《りんね》転生って知ってるかしら？」

「もちろんです。クラムー教の教えでもあるように、私たちの魂は流転しています。死して肉体が消えても、魂は消えずに新たな生命に宿り、永久にそれを繰り返すのです」

輪廻転生は私たち聖女が所属している教会の宗派であるクラムー教の根幹にある教えです。

肉体は魂の容器に過ぎず、肉体が死しても魂は損なわれず次の容器に入る。

記憶は消えてしまいますが、魂自体は永久に不滅なのです。

「じゃあ、フィアナの魂はどこにあるのか知ってる？　彼女は死んだけど、魂は転生を繰り返して今も存在しているはずよね？」

「それはそうですが。死者の魂の居場所など、決して分かりはしないと思うのですが」

最初の聖女と呼ばれたフィアナ様は人智を超えた魔力の持ち主だったと聞きました。

そんな彼女でも、輪廻転生の法則の外にいるわけではありません。

しかし、魂の場所を特定するのは不可能。私がそう答えようとしたときでした。エルザさんが口を開きます。

「決して分かりはしないなんてことは無いのよ。アスモデウスは知っている。そして、あたしたちも。答えを教えてあげるわ。フィアナの魂はね、大聖女さん。あなたの身体の中にあるの」

「「――っ!?」」

わ、私の身体にフィアナ様の魂が？　どうして、そんなことが分かるのでしょう。


「大破邪魔法陣。フィリアちゃん、あんたが使ったその術式。僕ァはっきりと覚えてるんだなぁ。四百年くらい前に見たフィアナが使ってた術式と全く同じ魔力の波動なんだよねぇ。魔力の波動ってのは魂を写し出す鏡。さすがのフィリアちゃんもこのことは知らないとは思うけど」

サラッとマモンは四百年前にフィアナ様が術式を使うところを見たと告白しました。

そして、マモンの言う通り魔力の波動が魂を写し出すということは初耳です。どんな文献にも書いてありませんでしたから。

「へぇ～。悪魔って、長生きなんですね～」

「リーナちゃんはリアクションが軽いなぁ。そこが素敵なんだけど。ちなみにアスモデウスの旦那はもっと長く生きてるぞ。魔力も僕みたいな平和主義者の比じゃないんだなぁ、これが」

「つまり長命だからこそ、転生する魂の法則も存じていらっしゃるということですか」

「そゆこと〜。ロマンチックだろ？」

悪魔という種族は非常に長命だということは文献に書いてありましたが、マモンさんがフィアナ様のことも知っていると聞くと中々感慨深いものがあります。

出来れば知らない過去の話を色々と教えてもらいたいものです。

ですが、それは今の主題とは離れていますので我慢しましょう。

「魔界が近付いているこの状況であなたが巨大な術式を発動させたから、魔界にいたアスモデウスはフィアナの生まれ変わりがこの大陸にいることを知ったのよ」

「あのときの大破邪魔法陣が……」

「そして、計画を実行した。フィアナの魂とそれに相応《ふさわ》しいだけの魔力を手に入れて、かつて愛した女性を復活させる計画を」

大陸全土を覆う魔法陣を作ったことで、私の魔力の波動は魔界にまで届いていたということですか。それで、私の身体を利用してフィアナ様の復活を思いつくとは何とも壮大な話です。

それにしても、気になるのは。

「アスモデウスが先代の大聖女様を愛していたというのが分かりませんな。悪魔というのは人間に恋愛感情を抱くものなのですかな？」

レオナルドさんも同じ疑問を持ったらしく、エルザさんに質問を投げかけます。

アスモデウスとフィアナ様はどういった関係だったのでしょうか。

「前回、魔界が地上に近付いてきたとき。地上に侵攻してきた最上位の悪魔たちが三人いたの。ベルゼブブ、アザエル、アスモデウス。魔界でも屈指の実力者に退魔師たちは立ち向かい、泥沼の戦争状態になった。魔物たちの数も今の比じゃなかったから、多くの人が亡くなったわ。そうして人類は滅亡の一途を辿《たど》っていたけれど、奇跡は起こった」

エルザさんは前回、魔界が近付いたときのことを語りだしました。

どうやら、人類はかなり厳しい事態に直面していたみたいですね。

「神にも等しい力を持つ少女フィアナ。最上位の悪魔をも圧倒した彼女は瞬く間に形勢を逆転させた。アスモデウスも彼女に触れることすら出来ずに敗北したの」

「ありゃあ、ビビったぜ。僕ァ人間側で助かった〜って心底思ったもんだ。悪魔の僕から見てもあの女はバケモンだったからな」

エルザさんは伝聞で、マモンさんは実際にフィアナ様を見た感想を述べました。

首を切り落とされても生きているマモンさんから見て化物だと評されるほどの力の持ち主。私などとはスケールが違うみたいです。

「ベルゼブブとアザエルが魔界に逃亡する中、アスモデウスは敗けてもなお、フィアナに接近しようとした。彼の本能は圧倒的な力によって打ちのめされたことで、急激に憧れの感情を抱くようになったの」

「どうしてそうなる……？」

「アスモデウスの旦那の性癖としか言いようがないっすね。すげー美人さんにボコボコにされて、悦《よろこ》ぶタイプだったみたいなんで」

「「……………」」

「そんなわけないでしょ」

「おっと！」

ヒマリさんの質問に返答した、マモンさんの言葉に皆さんが黙ってしまうと、エルザさんがまたもやファルシオンを振るいます。しかし、今度はマモンさんは自らの首を両手で持ち上げてそれを躱《かわ》しました。

取り外しも自由とは、目を疑いたくなる光景ですね。

慣れというのは恐ろしいもので、私は彼の首が胴体と結合する様子をつい観察してしまいました。メカニズムとしては、オートで発動する治癒術式に近いみたいです。魔力によって組織を繋げているると。

ということは魔力の流れを断ち切れば、接合は出来なくなるかもしれません。

マモンさんは抱えていた首を胴体に接合させて、何事もなかったように笑みを浮かべていました。

「悪魔っていうのは、大昔に天界を追い出された堕天使が多いの。アスモデウスもその一人。フィアナは天界にいる女神に極めて近い存在らしくてね。彼女の人外さが、色欲が悪魔の中でも最も強い彼の本能を刺激したみたい」

「残念ながら、旦那は全く相手にされなかったみたいでねぇ。しかし、フィアナが如何《いか》にバケモンでも人間だからさ。五十年足らずで死んじまった。あの方は創りたいのさ。自分の意のままに動くフィアナの分身をな」

退魔師と悪魔から語られる、伝説としてしか伝わっていない大聖女の物語。

アスモデウスの想《おも》いは身勝手でかなり歪《ゆが》んでいるみたいです。

しかし、我々は阻止しなくてはならないでしょう。これ以上、犠牲者を出さないために。

「アスモデウスは地上で情欲に塗れた邪悪な心を持つ人間に憑依《ひょうい》している可能性が高い。牢獄《ろうごく》から消えたというジルトニアのユリウス王子。彼に憑依しているとあたしたちは睨《にら》んでるわ」

「「――っ!?」」

まさかここでユリウス殿下の名が出るとは思いませんでした。

元婚約者の因縁ということでしょうか。

◇（ミア視点へ）

「おはようございます。師匠、今日はいつもよりも早いですね。ふわぁ」

フィリア姉さんのところで羽を伸ばした私だったけど、ジルトニアに戻ってからはヒルダ伯母様もといヒルダお義母様《かあさま》からの厳しい特訓を受ける日々を送っている。

姉さんのおかげで聖女の仕事がほとんど無くなり、フェルナンド殿下の指導のもと、復興の手伝いくらいしかやることがないから、修行する時間には不自由しないいんだけど。

「ミア、あなたは才能がありますが、精神が弛《たる》んでいます。それでは、フィリアに追いつけませんよ」

眠たい目をこする私を義母は一喝する。

本当にヒルダお義母様の特訓はキツい。冗談じゃないくらい。

フィリア姉さんは子供のときにこんなのを涼しい顔して耐えてたみたいだけど信じられない。

でも、聖女になって初めて二人で仕事をしたあの日。姉さんは私の遥か先を行っていて、私は姉さんのことを天才だと思った。私なんてまだまだだと思った。

今なら分かる。あれは勘違いだったんだよね。姉さんは知らないところで尋常ではない努力をしていたのだ。

だから私も――。

「分かっていますよ、師匠。フィリア姉さんを超えるつもりで特訓するのですから。もっと厳しくしてもらっても構わないくらいの気合で臨んでます」

そうだ。気合だよ。気合があれば何でも乗り越えられる。

今度は私がフィリア姉さんを助けられるように頑張らなきゃ。

「よく言いました。正直言って、義理の娘だからと遠慮して手心を加えていた部分がありました」

「て、手心ですか？」

「親は違えど、姉を見て育っただけはあります。それに気付いていたのなら、もう情け容赦は捨てましょう。今日から真の特訓を開始します」

あはは、ヒルダお義母様でも冗談を仰せになることがあるのね。……嘘でしょ？　あんなに厳しくて毎日後悔して泣き出したくなるくらい辛《つら》い特訓が真の特訓じゃないなんて。

手心とか加えてたの？　あれで？

情けにも、容赦にも気付かなかった私って鈍感だなぁ。素直に手足が震えてきた。

「では、すぐに朝食を食べて準備をなさい」

「はい。お義母様って料理上手ですよね。姉さんと違って」

「あの子の唯一の弱点に触れないであげてください」

「その感じ、お義母様も食べたことあるのですね……」

どうやらヒルダお義母様はフィリア姉さんの真っ黒の料理を食べたことあるみたい。

びっくりしたなぁ。姉さんがお務めにお弁当を持ってきていたとき……。おかずを交換しようって言ったら、姉さんが珍しく恥ずかしそうな表情を見せたっけ。

朝食もそこそこに、私たちは特訓を行うために山の中に向かう。

山に着いたら滝に打たれたり、目隠しして山の中を走り回ったり、まぁ色々と準備運動をしてから特訓をスタートするのだけど、今日は特訓を開始する前に兵士に話しかけられた。

この人は第一王子派だった人だ。久しぶりに会ったけど何の用だろう。

「ミア様、そしてヒルデガルト様、大変です！　ユリウスが、あの謀反の大罪人ユリウスが、牢獄から消えました！」

「「――っ!?」」

ユリウスが逃亡したってこと？　まさか第二王子派が手を貸したというの……？

彼の処刑は決定事項だったけど、国の復興がもう少し落ち着いてから、となっていた。

でも、「消えた」って言い回しは変よね。逃げたとかならわかるけど。

「と、とにかく、フェルナンド殿下がお呼びです。至急、王宮までお越しください」

私とヒルダお義母様は無言で頷き、王宮へと向かった。

嫌な予感がするわ。でも、今度こそフィリア姉さんの手は借りずに解決してみせる。私がジルトニアの聖女なんだから。

「ミア！　ヒルデガルト殿、よくぞ来てくれた。急な呼び出し、すまなかった」

すっかりと血色の良くなったフェルナンド殿下に迎えられた私たち。

でも、目元に隈《くま》が出来てるわね。きっと、復興作業のための業務に追われて徹夜続きなのね。ユリウスに付いていて、甘い汁を吸っていた文官たちもこぞって投獄してしまったから。

「ユリウスが消えたという話を聞きました。巷《ちまた》で噂《うわさ》になっている神隠し事件、それと繋がりがあるのですか？」

神隠し事件？　何それ？

ヒルダお義母様の単刀直入の発言に私は首を傾《かし》げた。

「さすがはヒルデガルト殿だ。もう、その話を掴《つか》んでいたとは。弟は厳重に警戒していた牢獄の中で、何の痕跡も残さずに消えてしまった。まるで煙のようにね。これは今、近隣諸国で頻発している神隠し事件に酷似している」

フェルナンド殿下も神隠し事件というワードを口にする。

何でも最近、魔力を持った若い女性が姿を忽然《こつぜん》と消す事件が大陸中で発生しているらしい。

フィリア姉さんも狙われるかもしれないとのことで、つい先日護衛を増やしたそうだ。

「パルナコルタに倣うわけではないが、今日から二人の護衛の数を増やす。ピエールと彼の直属の部下を何名か回そう」

フェルナンド殿下は私たちの護衛を増やすとして、ユリウスの話を続ける。

「しかし、ユリウスは若い女性でもなければ、魔力の素養もない。我々は事件との関係を探ろうと思っているのだが、こういう現象に強い者と言えばフィリアしか思い付かないのだ。だから、彼女の知恵を」

「恐れながら殿下、この国が姉にした仕打ちを考えるとそれは気が進みません。姉はパルナコルタの聖女です。そして、この国の大恩人です。これ以上、彼女に頼ったり、不安を煽《あお》ったりするようなことは避けた方がよろしいかと存じます」

フェルナンド殿下がフィリア姉さんに頼ろうと提案したので、私はそれを止めるように進言した。

姉さんとユリウスの関係性を考えると、そんな不安を煽るようなことは到底出来ない。

それにジルトニアの問題は今度こそジルトニアで解決すべきだ。

「そうだな。ミアの言うとおりだ。私もどこか、大聖女となった彼女に甘えてる部分があったな。こちらで神隠し事件と共に調査チームを作り、解決に当たろう」

殿下はあっさりと意見を下げる。そもそも、隣国の聖女の魔法陣で守られている現状もあり得ないのだから、私は判断を誤ったとは思わない。

「ミア、フィリアから独立しようと考えることは立派ですが、彼女はきっと姉として頼って欲しいとは思っていますよ」

「姉としてですか？」

あの日、フィリア姉さんは聖女であることよりも私の姉であることを優先してくれた。

それが私には嬉しかったし、何より誇らしかった。

……そうね。聖女として姉さんに追いつこうとすることと、フィリア姉さんを姉として扱わないこととは違うものね。

「フェルナンド殿下、もしもユリウスの件がどうしても手詰まりになりましたら、私に仰ってください。それとなく、姉に手紙を書いてみますから。でも、基本的には自分たちで解決出来るように頑張りましょう。義母《はは》も私も協力します」

「ヒルデガルト殿、お心遣い感謝する。ミア、そのときはよろしく頼む」

私たちのこの会話はまるっきり無駄になった。

フィリア姉さんは私たちの思った以上に早く、そして知らない内に真相に辿り着いていたのだから。

悪魔……、そう呼ばれる者と戦うことになるなんて、このときはまだ全然気付いていなかった。

「それでは、殿下。私たちはこれで……」

「待ってくれ。用件はこれだけではない。聖女国際会議《セイントサミット》についても話したいのだが」

「聖女国際会議《セイントサミット》ですか？」

「ああ、そうだ。ボルメルン王国の聖女エミリー・マーティラスが提案した国際会議でな。この機会に各国の聖女たちの意見交換をする場を設けたいと――」

話が一段落したかと思えば、フェルナンド殿下は聖女国際会議《セイントサミット》という催事について話し始めた。

大破邪魔法陣によって各国の聖女の活動時間が余っている。

その時間を利用して、次にこのような危機が訪れたときのために私たちの力の底上げをしようという発想らしい。

確かに、フィリア姉さんの魔法陣によって私たちの自由な時間は格段に増えた。修行に修行を重ねても余裕があるくらいに。

だけど、エミリーさんって……あの生意気なグレイスの姉なんでしょ？　フィリア姉さんに凄《すご》い対抗心を燃やしてるって聞いたけど、そんな人が中心となって大丈夫なのかしら。

「聖女エミリーの名前は存じています。名門であるマーティラス家の歴史の中で最も優秀で才能も豊かな努力家だと。現役の聖女では一番フィリアに近い能力の持ち主でしょうね。そんな方が呼びかけているのです。参加することに意義はあるでしょう」

ヒルダお義母様はエミリーさんのこと知っているんだ。

現役を退いていた期間があるとはいえ長く聖女をやってただけあって、他国のことも詳しいのね。

それにしても、エミリーさんの評価がそんなにも高いとは。フィリア姉さんの次ってことは、少なくとも私よりは上ってことか。

確かにグレイスがあの年齢で古代語の知識もあるのだもの。その姉ってなると力もさらに凄いってなるわよね。

でも、よく考えたら聖女が集まるってまずいんじゃない？　だって今は……。

「神隠し事件であろう？　ミア、君は顔に考えていることがすぐに出るな」

「も、申し訳ありません。フェルナンド殿下。しかし、恐らく開催はパルナコルタ王国になりますでしょうし。そうなると――」

「フィリアに何か起こるかもしれないと、そう懸念しているのですね？」

私の心配事をフェルナンド殿下とヒルダお義母様は即座に見破る。

平和ボケしてポーカーフェイスも出来ないなんて。ユリウスと婚約していたときは多少なりとも感情を隠せていたのに情けない。

「その懸念は尤《もっと》もだ。パルナコルタ側も大聖女であるフィリア殿の護衛に騎士団が加わっているらしい。開催地がパルナコルタとなることも既定路線となっており、エーゲルシュタイン国王は特例として各国の聖女の護衛隊を受け入れることを認める方向で動いている」

良かった。フィリア姉さんにはヒマリさんたちが付いてるから大丈夫だと思っていたけど、あのパルナコルタ騎士団も守ってくれているなら安心出来る。

まぁ、姉さん自体が完璧すぎるくらいに強いから本当は護衛とか要らないかもしれないけど。

「それでは、その聖女国際会議《セイントサミット》――最初の議題は神隠し事件の解決方法になりそうですね」

「神隠し事件の解決方法ですか？」

「魔力を持つ若い女性が次々と狙われているこの事件。私は年齢的にターゲット層から外れていそうですが、聖女の多くは当てはまるはず。とすると、自衛するにも情報交換はしておこうと誰もが思うはずです」

なるほど。確かに私もフィリア姉さんもグレイスも神隠し事件で消えた女性たちと年齢層は被《かぶ》ってる。

身を守ることを含めて情報交換することは解決への糸口を手繰り寄せることになるか。

でも、情報交換は良いけど、この国を数日間も空けて大丈夫なの？　私たちがいなくて何かあったら。

「当然、ミアとヒルデガルト殿には聖女国際会議《セイントトサミット》に出席してもらうぞ。有益な情報を手に入れられるかもしれないからな」

「承知しました」

「しかし、殿下……」

「口惜《くや》しいが、ジルトニアは聖女に頼りきっている。ミア、君の成長がそのままこの国の成長となるのだ。国のために各国の聖女から学んで来てくれ。今までの行いから信じきれないかもしれないが、数日くらい我らだけでも国は守ってみせる」

フェルナンド殿下は国のために出席せよと命じました。

私の成長がそのまま国を成長させる。

そうね。どこまでも国の発展のために尽くすことこそ、フィリア姉さんの背中を追うことだもの。

それに、パルナコルタに行ったらまた姉さんに会えるし。それはそれで楽しみかも。

「先に言っておきますが、遊びに行くのではありませんよ」

「嫌ですわ。お義母様、私はそんな浮ついた考えをしているように見えますか？」

「魔力の揺らぎを見れば、分かります」

「えっ？　そ、そんなことまで分かるのですか？」

「――嘘ですよ。まったく、こんなブラフにも引っかかるようでは技術面が伸びてもまだまだですね」

うわぁ。一本取られたというか、なんというか。

お義母様が真顔でそんなこと言ったら誰でも引っかかると思うけど。多分、フィリア姉さんも。

いや、姉さんなら真顔でそんなことは出来ないって言うかな？　ううん、姉さんなら本当に出来そうで怖い。

「浮ついていたのは認めますが、お義母様もフィリア姉さんには会いたいのではありませんか？」

「否定はしません。あの子も成長しているでしょうから」

それから間もなくして、聖女国際会議《セイントサミット》はパルナコルタでの開催が決定して、私たちはフィリア姉さんのいるパルナコルタ王国へと向かった。

◇（グレイス視点へ）

「おーほっほっほっ！　このエミリー・マーティラスにかかれば悪魔など敵ではありませんことよ！」

マーティラス家の長女であるエミリーお姉様は胸を張って高笑いしていました。

ここ最近、大陸中で頻発している神隠し事件。その犯人が悪魔などという信じがたい事実を聞いてのこの反応。

彼女には怖いものはないのでしょうか。

「お気になさらずに。エミリーお姉様は時々、あんな風になるだけですから。慣れれば聞き流せますわ」

「わたくしたち四人がかりでようやく捕縛したのに、よくもまぁ自分だけの手柄のように振舞えますね。そういうのって、聖女として如何《いかが》なものなのでしょう？」

退魔師を名乗る男性。クラウス・エーセルバイン様がこのたび、マーティラス家の聖女の護衛としてダルバート王国にあるクラムー教の本部から派遣されてきました。

銀髪で青い目をした青年、クラウス様はフィリア様のもとにも同じく退魔師が護衛に行かれていることをわたくしたちに伝えました。

退魔師とは悪魔と大昔から戦っている方々で、教会から命じられて世界中で秘密裏に動いているみたいです。

彼は黒い狼《おおかみ》の姿なのにもかかわらず二足歩行をしている異形の者、サタナキアという名前の悪魔を使役しており、百聞は一見にしかずということで、実際に悪魔の力を見せつけました。

高い魔力と生命力を持つサタナキアさんに、わたくしたちは魔物との戦闘とはまた違う緊張感の中で苦戦を強いられましたが、エミリーお姉様の拘束術式でようやく動きを封じたのです。

そのためにわたくしたち残りの三人は陽動に陽動を重ねてスキを作りましたので、三女のジェーンお姉様がエミリーお姉様の態度に苦言を呈すのは無理もありません。

ちなみに、クラウス様によれば、悪魔は首を切り落としても生きているらしいです。さすがに女性には見せられないとして実演はされませんでしたが。

「これで、悪魔の恐ろしさは分かってくれましたか？　黒幕である最上位の悪魔、アスモデウスは中級悪魔であるサタナキアよりも遥かに強い魔力を持っています」

神隠し事件の黒幕であるアスモデウスという悪魔は、こともあろうに大聖女になられたわたくしの師匠、フィリア様の肉体を狙っているのだとか。

同時に高い魔力の保持者も狙っているらしく、それが理由で四人の聖女がいるマーティラス家を彼は守りに来たとのことです。

「気に入りませんわね。そのアスモデウスという悪魔」

「はい。平和を乱す元凶ですから……僕も許せません」

「このエミリー・マーティラスをよりによって、フィリア・アデナウアーのおまけみたいに扱うなんて。レディの扱い方をご存じないみたいですわ！」

「………」

クラウス様はエミリーお姉様のどうでも良い対抗心と嫉妬心を耳にされて、黙ってしまわれました。

これさえ無ければ、少し高飛車だけど聖女として尊敬出来るお姉様ですのに。

「エミリーお姉様、クラウスさんがそろそろ護衛に来られたことを後悔されますからその辺で」

「アマンダ、わたくしは何も変なことは申しておりませんが」

次女のアマンダお姉様がエミリーお姉様をそれとなく諫《いさ》めますが、あまり効果は無いようです。

エミリーお姉様はフィリア様が大聖女になられたことを聞いて以来、一人で厳しい修行を積んでおりました。

今回の件がフィリア様を巡る戦いになりそうだと知って、面白くないのでしょう。

「エミリー姉様、フィリアさんが悪魔に捕われたら一番になれるとか考えていたりして」

「ジェーン、見縊《みくび》らないで頂戴！　大聖女フィリアには実力で勝利します。そう、わたくしも大聖女になることによって！　悪魔に捕まるなど許されません。それこそが——」

「誇り高き、マーティラス家に生まれし者の生き様である！」

「「お父様！」」

応接室に入って来られたのはわたくしたち四人姉妹のお父様。マーティラス伯爵です。

お父様、もう深夜ですから先に休まれたのかと思いましたわ。

「エミリーよ、よくぞ申した。フィリア殿は素晴らしい聖女である。それを超えることは容易ではない。この神隠し事件、フィリア殿を狙う不埒《ふらち》な輩《やから》が暗躍しているのだな？　それならば、事件を解決することで彼女を守るのだ！」

「いえ、伯爵殿。お嬢様方も狙われているので、僕が守りに来たのですが」

「お父様！　お任せください！　マーティラスの名に懸けて、このわたくしが見事に優雅に、そして気品を持って解決に導きますわ！」

「ですから、エミリーさんも聞いてください。僕がですね――」

お父様とエミリーお姉様の悪い癖が出ていますわ。

クラウス様が泣きそうな顔をしていらっしゃいます。

その傍らでサタナキアさんは耳をピクピクさせながら心配そうな顔で彼を見ていました。悪魔も困ることがあるのですね。

しかし、聖女国際会議《セイントサミット》には魔力の高い女性が集まります。

そこで何かが起こるような予感は確かにありました。

わたくしもフィリア様に何かがあればと思うと胸が締め付けられます。

あの方はこの大陸を救ってくれました。

それならば、今度はわたくしたちが彼女を助ける番ではありませんか。

「よし、ワシも聖女国際会議《セイントサミット》が行われるパルナコルタへ行こう！　フィリア殿にはグレイスが世話になっておるし、挨拶をせねばな」

「わたくしも別の意味で挨拶をするつもりですわ」

「あの、くれぐれも聖女国際会議《セイントサミット》では軽率な行動は避けてくださいね。僕が教会から叱られるのですから」

「わっはっはっは！」

「おーほっほっほっ！」

「……エルザ先輩、僕と担当代わってくれないかなぁ。フィリアさんのところが良かった」

国王陛下が聖女全員でパルナコルタ王国へ行くことには反対されたのでアマンダお姉様とジェーンお姉様は国に残ることになりました。クラウス様によるとダルバート王国から別の護衛を呼ぶそうです。

こうして、わたくしとエミリーお姉様に加えて退魔師のクラウス様、その従者のサタナキアさん、そして我が父マーティラス伯爵がパルナコルタに向かうことになったのでした。

フィリア様、こんなに早くお会い出来るなんて嬉しいです！

ミアさん、あなたには絶対に負けませんから。

◇（フィリア視点へ）

「フィリア殿。エルザ殿とは上手くいってるか？　聞けば悪魔を連れているみたいじゃないか。もしも、嫌ならば住む場所を別に移すように手配するが」

農作業をしながらオスヴァルト殿下はエルザさんが私たちの護衛として加わり、屋敷に住まわせていることに言及しました。マモンさんのことを言われているのですね。エルザさんが手綱を握ってますから大丈夫とは思っていたのですが。

「エルザさんもクラムー教皇の勅命で動いていますから、無理を言っても反発されるかと。私なら大丈夫です。フィリップさんたちも守ってくれていますから」

新しい肥料の出来具合をメモしながら、私は殿下を安心させようと返事をしました。

一週間後には聖女国際会議《セイントサミット》が開始されますので、これから大陸中から聖女とその護衛の方々がやって来ます。

そこでアスモデウスが何かを起こすことが懸念されていますので、私の身の安全もより一層気を配らなくてはならないとオスヴァルト殿下も気を揉《も》んでいるのでしょう。

「フィリップか。あいつ、落ち込んでいたなあ。マモンって悪魔に不覚を取ってしまったって。しかもそいつをフィリア殿は一人で制圧したんだろ？　護衛として面目ないって」

確かにフィリップさんはあの日以降、元気が無いように見受けられました。

私も口下手ですから元気付けたいと思っていても、なんと声をかけて良いのか分からないのです。

「だけど、まぁ。フィリア殿も口下手なところがあるしな。あいつに気の利いた言葉はかけられねぇだろ」

「はい。実は困っております。こちらの国に来てから関わる方々が増え、皆さんが困っているときは力になりたいですし、日頃の感謝を伝えたいとは思っているのですが」

「ははっ、冗談を言ったつもりなのに真顔で返されるとは思わなかったぞ。フィリア殿は前よりもよく話すようになっている。焦らずゆっくりで良いから、そうやって素直な気持ちを口に出来るといいな」

冗談でしたか。どのあたりが冗談なのでしょう。

素直な気持ちを言葉にするのは確かに難しいですね。気持ちを言葉にする……。

「オスヴァルト殿下、ありがとうございます。気にかけて頂いて嬉しいです。いつも、会いに来てくださることを楽しみにしております」

「——うおっ!? なんだ? いきなり。びっくりしたぞ!」

「素直な気持ちを口にしてみました。ダメでしたか?」

私なりの気持ちをそのまま言葉にすると、殿下は驚いた顔をしながら手元の野菜を落としてしまわれました。

失敗、でしょうか……? やはりフランクなコミュニケーションというものは難しいです。

「い、いやダメなはずあるか。むしろフィリア殿からそんな言葉をもらえて嬉しいぞ。俺もフィリア殿には感謝してるし、こうやって農作業してるだけで楽しいと思っている。この前みたいな買い物も楽しかったしな」

「それは殿下の素直な気持ちですか？」

「……ああ、そうさ。何か恥ずかしくなってきたな。そろそろ昼食にするか。レオナルドに野菜を持って行って何か作らせるぞ」

オスヴァルト殿下は少し赤らんだ顔で気まずそうな表情をされて、頭を掻《か》きました。

レオナルドさんのお料理は絶品ですから、今から楽しみです。

◆

オスヴァルト殿下からの野菜をレオナルドさんに届けて、庭で新しい魔術の開発をしようと足を向けるとエルザさんとマモンさんがしゃがんでいました。リーナさんも側《そば》にいますね。

「ニャー、ニャー、ミャオン」

「エルザさん、言ったとおり可愛いでしょう～～？　アレクサンダー、ヤギのミルクですよ～～」

エルザさんたちは以前木から降りられなくなっていて、助けた子猫を見ていました。

残念ながら親猫が見つからずにこちらで飼うことにしたのですが……。

子猫を「アレクサンダー」と名付けたリーナさんが特にこの子を可愛がっていました。美しい白猫で品があるので、騎士団の方々にも人気です。

「ええ、とても可愛らしいわね。白くて、モフッとして、雲みたい」

「分かりますか～。この良さが～！」

「へぇ、エルザ姐さんが素直にねぇ。珍しいこともあるもんだ」

「むっ……！」

アレクサンダーを可愛いと述べたエルザさんに対して、マモンさんがからかうような口ぶりで素直だと言います。

素直になることは良いことだとオスヴァルト殿下も仰っていましたが、エルザさんは何やら怒っているみたいです。

「ちょ、ちょょーっと待って姐さん！　僕ァ、暴力反対だなぁ！　それに、こーんな小さな子猫に首がポロンと落ちるのは刺激が強いんじゃないかー？」

マモンさんはいつもどおりファルシオンを抜いたエルザさんに両手を上げて、首を振りながら弁明しました。

確かにアレクサンダーが驚いてしまいそうです。マモンさんの首が飛んでいる様子を見ると……。

「それも、そうね。良いわ、許してあげる」

「さっすがー！　姐さん！　話が分かるぜ！」

「だけど、そうねぇ。この子、聞いたところによると母親とはぐれたみたいなのよ。可哀想でしょう?」

「そりゃあ、まぁ気の毒なことで」

エルザさんはマモンさんを斬ることは止めたみたいですが、何か思いついた顔をしました。

確かにアレクサンダーには母親はいませんが、なぜ今その話を口にされたのでしょう。そう疑問に思っていると……。


「あなた、猫になりなさい」

「はぁ?」

「だから、この子に親がいないのは可哀相《かわいそう》でしょ。せめてあたしたちがいる間だけでもあなたは猫になって、この子を癒やしなさい。命令よ」

そういえばマモンさんは変身して今の人間の姿に化けていると聞きました。

それならば猫の姿にも化けることが出来るということですね。

見てみたいです、変身するところを。私たちの常識を超えた能力ですから。

「いや、姐さん。僕ァ、この猫ちゃんの親代わりになる義理なんざないんだけどなぁ」

「あなたに義理があってもなくても関係ないの。大聖女さんだって、この子に親代わりの猫がいた方が良いと思うでしょう?」

「えっ? わ、私ですか? そうですね。マモンさんが猫に変身するのは見てみたいです」

「たはー、フィリアちゃんも結構ミーハーだなぁ。美人に期待されたんじゃあ仕方ない。そんじゃ、変身してみますか。ふんっ！」

マモンさんは紫色に発光して身体の形がウネウネと変化します。

骨格が変化し、体毛が生え、そして見た目が完全に変わりました。

す、すごいですね。見た目もアレクサンダーそっくりで何とも美しい白猫です。

体長は軽く二メートル以上あり、大きいですが。

いえ、これだけ大きいと猫というよりは……。

「大きすぎるわよ！　これじゃ、猫じゃなくて虎じゃない！」

「そりゃあ、僕の変身術じゃサイズは変えられないからなー」

エルザさんの不満そうな声に反論するマモンさん。

なるほど、身体の大きさを変えるのは無理なんですね。

確かにこれでは猫というよりも真っ白な虎か豹《ひょう》に近い感じです。マモンさんは猫に化けたと言っていますが。

「でも、でも～、これはこれで可愛いです～～！」

「リーナちゃ～ん！　やっぱりリーナちゃんは僕の味方だよねぇ。僕ァ、君と出会えて幸せだなぁ」

リーナさんにはマモンさんの猫の姿は好評みたいです。

私も可愛らしいと思います。小さな猫も良いですけど、大きなのも愛敬《あいきょう》があって良いかと。

「……ま、まぁ、ちょっとは可愛らしくなったわね。あなた、ここにいる間はずっとその見た目でいなさい」

「ず、ずっと!?　そんな殺生な！　この見た目じゃあ、ナンパ出来ないじゃないっすか！」

「すれば良いじゃない。猫限定になるけれど」

「そんなのあんまりっすよ、エルザ姐さん」

こうしてマモンさんは猫の姿で過ごすことになりました。

当たり前のことですが巨大な白い虎が我が家で暴れていると騒動になり、説明に時間を要しました。皆さん最後には納得してくれましたが、好奇心だけで行動すると大変なことが起きるものですね。

「フィリア様～！　フィリア様も乗ってみますか～？　フカフカで気持ちいいですよ～！」

リーナさんに至ってはマモンさんの背中に乗せてもらってはしゃいでいます。

楽しそうではありますが、やはり護衛の方の背中に乗るというのは……。

聖女国際会議《セイントトサミット》が近付く中で、エルザさんとマモンさんは私たちの生活に馴染《なじ》んできました。

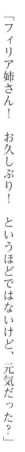

第二章　聖女国際会議始まる

chapter Two

「フィリア姉さん！　お久しぶり！　というほどではないけど、元気だった？」

「その様子ですと、毎日の修行は続けているみたいですね。フィリア」

昼食を摂ってリーナさんの淹《い》れてくれた紅茶を口にしていると、ジルトニアから妹のミアと伯母で私の師匠であるヒルデガルトが私のもとに来てくれました。明日から始まる聖女国際会議《セイントサミット》に出席するためパルナコルタに来るという連絡を予《あらかじ》め受けていたので、二人に是非とも我が家に泊まるように勧めたのです。

現在師匠はミアの身元を引き受けて彼女の義母になり、ミアに修行をつけています。

ミアが修行は毎日大変だと手紙で愚痴をこぼしていました。

「大聖女さん、彼女らはどなた？」

「ヒューッ、また美人さんがご到着ってか？　魔力も高いし唆《そそ》るなぁ」

「ね、姉さん、と、虎を飼い始めたの？　というか、今喋《しゃべ》ったよね!?」

「「――っ!?」」

「大きな魔力の流れを感じますが、何者ですか？」

ミアと師匠の気配を察知したのか、護衛であるエルザさんとマモンさんがこちらに来ます。

ミアも師匠も喋る巨大猫になっているマモンさんに驚いていました。私たちはもう慣れてしまいましたが、これが自然な反応ですよね。

どうしましょう。知らない方同士を紹介するのは苦手なんですよね。

「ええーっと、エルザさん。こちらは妹のミアと伯母のヒルデガルトです。二人とも聖女ですから、サミットに出席するためにこちらに」

「妹？　ああ、あのジルトニアの王国の」

「ミア、師匠、こちらは退魔師のエルザさんとその従者のマモンさんです。マモンさんは訳あって猫の姿になっていますが、お二人はクラムー教皇の勅命で私の護衛に来てくださったのです」

かなり頑張って紹介しました。

ミアと師匠はジィーっとエルザさんとマモンさんを凝視しています。かなり警戒心を強めて。

特にマモンさんの風体はこんな感じなので、念入りに……。

「退魔師？……すると、その猫だとあなたが言い張っているのはまさか悪魔？」

「あれまー、僕のこと悪魔だって見抜くとはそっちのお姉さん鋭いじゃない」

「ヒルダお義母様《かあさま》、こんな愉快なのが悪魔って本当ですか？」

ミアが見事にマモンのことを悪魔だと見抜いた師匠に懐疑的な視線を送ります。

それは大正解なのですが、みんなが思い浮かべる悪魔と少々イメージが異なるため、ミアの疑いも当然です。

「フィリア様～、お部屋の準備が出来ました～」

リーナがミアと師匠が宿泊する部屋の準備が出来たと声をかけたので、二人を客室へと案内します。

聖女国際会議《セイントサミット》が終わるまでの短い間にはなりますが、彼女たちと生活出来るのは楽しみです。

◆

「って、こんな感じで私も古代魔術を勉強してるんだけど。魔法陣広げるときにどうしても、魔力が安定しないの」

「そろそろミアがそう言うと思っていたから、私なりのやり方を記したメモを作っておいたわ。図解が下手でごめんね。もっと上手に書ければ良かったんだけど」

「ええーっと、そう言うと思ってたからってところからツッコミを入れれば良いのかな？」

荷物を客室に置いてきたミアが修行の成果を見てほしいと言ったので、私たちは中庭に出てきました。

ミアはジルトニアで独自に古代魔術の勉強も続けているらしく、以前よりも格段に上手《うま》く〝マナ〟を体に取り込む事が出来るようになっています。

操る力が大きくなると不安定さが出ることは分かっていましたから、国際会議《サミット》の際に渡そうと思っていたメモを彼女に渡しました。

「ねぇ、あの胡散臭《うさんくさ》い退魔師とか悪魔とか信頼出来るの？　何か怪しくない？　首狩りとかしてるし」

ミアは屋敷の屋根の上に立っているエルザさんとマモンさんについて尋ねます。

そんなに怪しいですかね？　個性的だとは思いますが。

「エルザさんは、教皇様から正式にパルナコルタ王室に打診をした上で来ているから、安心して良いと思うわ」

「ふーん。それにしても、あのバカ王子が悪魔の依代《よりしろ》になるなんて。アスモデウスだっけ？　もっと人を選べば良いのに」

「ジルトニア王族の血というものは元々国を興した大魔法士由来のものですし、支配者の血が何代も脈々と受け継がれています。投獄されることで強まった邪気も相まって、悪魔が取り憑《つ》くには親和性が高く最適な人間だったとか」

ジルトニア王国の第二王子だったユリウスが悪魔となり、私の中にあるらしいフィアナ様の魂を狙っているという話は何とも因縁めいていると思ってしまいました。

私をこのパルナコルタに売った彼は、その後、祖国を滅亡寸前まで追いやり、ミアが彼と決着をつけています。

もしかしたら、今度は私が決着をつける番なのかもしれません。

アスモデウスはマモンさん以上に強力な悪魔で、戦うのは飽くまでも退魔師の仕事だとエルザには言われましたが、国の繁栄を乱す要因となっている以上聖女として見過ごすことはできません。

「また、フィリア姉さんの悪い癖だ」

「悪い癖？」

「一人で抱え込もうとしているでしょ？　分かるんだよ。私には、顔を見れば姉さんが何を考えてるのか」

私が悪魔との戦いを意識していることがミアにバレてしまいました。

そうですね。一人で抱え込まずに誰かを頼ることも大事かもしれません。

以前は孤独を感じるというより、一人で何でもすることが当たり前でしたが、今は違います。

私の周りには頼りになる方が沢山いるのですから。

「ミアの言うとおりね。大破邪魔法陣を広げたときもグレイスさんたちに助けてもらったし。一人じゃないって今は思えるから」

「そうそう。私だって聖女だし、バカ王子を逃したのはジルトニアの責任が大きいからね。私も戦うよ。今度はフィリア姉さんと肩を並べて」

ミアは古代魔術の破邪魔法陣を安定して展開しながら、私と一緒に戦うと口にしました。

こうやって肩を並べていると、あなたが新米の聖女として初めて私と共にお務めに出た日を思い出します。

あの日もあなたは私の背中を見て……。

「おーほっほっほっ！　何ですか？　その矮小《わいしょう》な結界は。フィリア・アデナウアー、大破邪魔法陣を使っているとはいえ、聞いていた話よりも随分と力が落ちているではありませんか」

高笑いと共に見知らぬ女性が敷地内に入って来られました。

あれはボルメルン王国の馬車。そして、このカールした茶髪はグレイスさんに似ているような。

「エミリーお姉様！　何をいきなりいつもどおりの行動を起こしていますの!?　フィリア様とミアさんがびっくりしているではないですか」

「グレイスさん」

「あー、グレイスのお姉さんなのね。なんか納得」

グレイスさんが馬車から出て来て、こちらに声をかけました。

この方がエミリー・マーティラス。大破邪魔法陣の拡大に協力してくれた、マーティラス家の四姉妹の長女。

グレイスさんの話だと四姉妹の中で一番優秀で才能も豊かと聞きました。

「グレイス、見ましたか？　この小さくて弱々しい結界を。あなたの尊敬するフィリア・アデナウアーは腑抜《ふぬ》けてしまっているみたいですよ」

「お姉様、こちらはミアさんです。フィリア様の妹さんですよ。フィリア様はもっと比べ物にならないくらい凄《すご》いんです。ミアさんなんかと一緒にしないでください」

「まぁ、こちらの無口で覇気がなさそうな方が、大聖女様でしたの？　わたくし、てっきりもっと高飛車な方かと」

「ご安心ください。お姉様よりも高飛車な方はこの大陸にはいらっしゃいませんわ」

どうやら、エミリーさんは私とミアを間違ったみたいですね。

それにしても、私ってそんなに無口そうで覇気がなさそうでしょうか。

お喋りは好きですし、戦う意志もそれなりに持ち合わせているつもりでしたが、印象はそうでもないようです。

「グレイス、あんたに〝なんか〟呼ばわりされるほど、弱くないんだけど。これだって、安定して力を出す練習だから、全然本気じゃないし」

「あら、ミアさん。これは失礼しました。フィリア様の二番弟子ですから、もっと頑張って欲しいなと思って、口に出してしまいましたわ」

「どうやら決着をつけるときが来たようね。勝負するわよ。勝負！」

グレイスさんは何故《なぜ》かミアに対抗意識を燃やしていますし、ミアもミアで彼女には大人気ない態度を取ります。

ライバルというものは素晴らしいと思いますが、喧嘩《けんか》は止《や》めてもらいたいです。

「これこれ、お前たち。人様の屋敷で大きな声を出すでない。大聖女殿ですな。ワシはオスカー・マーティラス。グレイスがえらく世話になりましたな。歴代最高の聖女に会えて光栄です」

恰幅《かっぷく》の良い男性はオスカー・マーティラスと名乗り、私に握手を求めました。

この方がマーティラス家の当主にして、ボルメルン王国で随一の魔術師としても有名なマーティラス伯爵ですか。

魔力量では聖女に匹敵すると言われている、高名で実力も確かな方です。

以前から会ってみたいとおもっていましたので、こんな形で会えるとは感激してしまいました。

「初めまして、フィリア・アデナウアーです。マーティラス先生の魔法理論の著書は全て拝見させてもらっています。会えて光栄です」

「ほう！　ワシが書いた本を読んでくれたのですかな。それは嬉《うれ》しいことを仰せになられる」

私はマーティラス伯爵の手を握って挨拶をしました。

あとで彼の著書にサインを頼んでみましょうか？　いえ、それはやはりはしたないですかね。

「フィリア様、お父様のことを知っていましたの？　なぜ、今までそれを黙っていたのですか？」

「マーティラス先生は有名人ですから。知っていて当然ですし、わざわざ言わなくてもよろしいと思いまして。それに、わざわざファンだと伝えるのも少し、いやらしいかもしれないと遠慮しました」

「姉さんの羞恥心の基準がよく分からないわ」

マーティラス家の面々が挨拶に来られたことで、屋敷の中はさらに賑《にぎ》やかになります。

最近、この賑やかさも私は幸せというものの一つにカウント出来るような気がしてきました。

それと同時に何故自分が聖女として国を守ろうとしているのか。動機が明確になった気がして、昨日よりももっと強くなれると確信しました。

「そうですか。グレイスさんたちのところにも護衛の退魔師が」

「ええ、クラウス様という方が来られました。今は先輩に挨拶をしてくると外しておりますが」

四人もの聖女が共に暮らしており、その上、大破邪魔法陣の魔力供給の一端を担っているマーティラス家にもクラムー教本部は退魔師を派遣したようです。

四人のうちの誰かに何かがあれば、魔法陣にも影響が出ることを考えると当然でしょう。

「席を外すって自由な護衛なのね」

「それはわたくしも思いましたわ。真面目そうな方なのですが」

「クラウスさんという方はキチンとこちらのことに気を配っていますから、問題ありませんよ」

「「えっ？」」

ミアがクラウスという方が無責任なのではと言及しましたので、私はそれを否定しました。

こちらの状況をキチンと見ていれば、多少は自由に動いても問題ないでしょう。

「おーほっほっほ！　お二人とも修行が足りませんわね。あちらをご覧なさい。クラウスならずっとあの高台でこちらを監視しながら女性の方と逢引《あいびき》をしていらしてよ」

「あっちの高台って、あのずーっと先にある丘のこと？」

「よく見ると二人の人影が見えますわね。クラウス様かどうか分かりませんが」

エミリーさんが指差してクラウスさんのいる場所を二人に伝えますと、ミアとグレイスさんは目を凝らして五キロほど離れたところにある丘の上を注視します。

どうやら、お二人ともよく見えていないようです。

「目で見るのではなく、魔力を感じるのです。マナを知覚する応用ですよ」

「まぁ、聖女でしたらこれくらいは出来て当然ですわね。おーほっほっほ！」

「あんたのお姉さん、愉快な性格してるわね」

「珍しく意見が合いましたわ。ボルメルン王国一、愉快な人間がわたくしの姉ですの」

技術自体はそんなに難しくはありません。

ですから、ミアもグレイスさんもすぐに同じことが出来ると思います。

「エルザさんにしきりに頭を下げて何か話していますね。護衛対象の様子はどうなのか、私のことを質問しているのでしょうか？」

「ええーっ!?　フィリア姉さん、何を話してるのかも分かるの？　すごーい」

さらにクラウスさんの唇の動きを読むと、私の話をエルザさんから聞いているように見受けられました。

かなり上下関係はしっかりしているみたいです。

「エミリーお姉様もお分かりですの？」

「も、も、もちろんですわ、と言いたいところですが。……フィリア・アデナウアー、これくらいで勝ったと思わないことです」

「あまり恥ずかしい態度を取らないでくださいな。フィリア様が困っていますから。見栄《みえ》を張らないところはご立派ですが」

エミリーさんが不機嫌そうにこちらを見ており、グレイスさんがそれを窘《たしな》めています。

とてもお二人は仲がよろしいのですね。私とミアもこれくらい仲が良いように見えているのでしょうか？

「それでは、フィリア殿。これからも一層のご活躍を願っていますぞ」

マーティラス家の面々はパルナコルタ王家が用意した宿に行くとして、馬車を出しました。

クラウスさんもエルザさんに蹴られながら、馬車を追いかけているみたいですね。

いよいよ聖女国際会議《セイントトサミット》ですか。何事も起きなければ良いのですが。

◆

その日の夜。明日には聖女国際会議《セイントトサミット》が開催されるにもかかわらず、どうも寝付くことが出来ませんでした。

胸の中がざわついて、落ち着かなかったのです。

漠然とした嫌な予感が眠りを妨げていました。

『やっとみつけた…………』

聞き覚えのある声が私の枕元でひっそりと小さく響きます。

こ、この声の主は、まさか。

『どうした？　フィリア・アデナウアー。僕の元婚約者よ。まるで、死人を見るような目ではないか』

「あなたは、ユリウス……!?」

『殿下をつけろ、殿下を。陛下でも良いけどな。僕はこれから大陸全土を統べる王となるのだから――!』

気付けば私の部屋にユリウスの容姿をした半透明の存在がありました。

こ、これは幽霊? いえ、ユリウスはアスモデウスという悪魔に取り憑かれたと聞いています。

そこから考えると、魔力を遠隔操作してユリウスの形を映し出しているのでしょう。

『僕は誤解していたよ。君のように美しい魂の人間はこの世にいなかった。僕と結婚して僕のモノになってくれ。今度は全力で君のことを愛するから』

「…………」

おおよそ、ユリウスのセリフとは思えない言葉が飛び出してきて、私は思わず黙ってしまいました。

これは悪魔が私のことを誘っていると受け取れば良いのでしょうか。

ただ一つだけ言えるのは、ユリウスの姿をした存在から感じるのは今までに感じたことがないくらい強大な魔力だということです。

悪意や敵意のようなものは感じられませんが、十分警戒に値します。

「その魔力はアスモデウスという悪魔のものですか?」

『ほう。僕の魔力を捉えるか。さすがは大聖女フィアナの生まれ変わり。力は比べようのないくらい矮小だが、雰囲気は彼女を彷彿《ほうふつ》とさせる』

「私の魂を狙っていると聞きましたが」

『如何《いか》にも！　僕はお前のことを手に入れるためにやって来た！　フィアナの生まれ変わりよ！　美しいお前を永遠に僕のものにさせてもらうぞ！』

アスモデウスであることを肯定した目の前の存在は、私の魂を取りに来たと宣言します。

エルザさんの言ったとおりだったみたいですね。強い悪魔が私のことを狙っているというのは。

『恐怖で震えるところを見たいと思っていたが、それは後でたっぷりと楽しむとしよう。僕のもとに来い！』

半透明の存在が私に向かって手を伸ばします。

「退魔術！　破邪《はじゃ》ノ大砲《おおづつ》ッッッ！」

『――っ⁉』

突如、窓ガラスが割れてエルザさんが部屋に飛び込み、両手の二本指をクロスさせて大きな光の渦を発射しました。

半透明の存在は声も出せずに一気に消え去り、消滅します。

これが退魔師特有の術式〝退魔術〟ですか。見たところ、私たちが扱う魔法とは系統が異なりますね。

どちらかといえば、周囲にあるマナを利用して放つ古代魔術に近いような気がします。

大破邪魔法陣はマナの力を利用して、破邪の力を拡張させることで範囲内の魔物の力を弱体化させる術式です。

そもそも破邪の力とは、魔物たちを覆っている闇の魔力を打ち消すための力なのですが、エルザさんが使った退魔術も強力な破邪の力をマナによって増幅して放っていました。理屈としては似ています。

退魔師という人たちは古代魔術の形式を独自で発展させたのかもしれません。

マモンさんは悪魔には大破邪魔法陣の効果はほとんどないと口にしていました。しかし、私の仮説が正しければそれは破邪の力が通じないという意味ではないでしょう。

悪魔の身体構造は体の中に闇の魔力が内包されていて、それに邪魔をされることで大破邪魔法陣の力が届かないのです。

何度かマモンさんの再生を見た上で、エルザさんの退魔術の効果を見てその可能性に思いいたりました。

「……こんばんは、大聖女さん。悪いわね、窓ガラスに壁を壊しちゃって」

「いえ、他に部屋もありますし。これくらいなら修繕可能ですから」

あの悪意に満ち溢《あふ》れた魔力を有していた半透明のユリウスがいた場所をエルザさんはジッと凝視しながら部屋を壊したことを謝罪します。

まさか、あのユリウスに本当にアスモデウスという悪魔が取り憑いていて、さらには私の部屋にいきなり現れるなんて、驚きました。

「相変わらず冷静なのね。普通はこんな経験したら多少は恐れるものよ」

「驚いていますよ。伝わりにくいかもしれませんが」

会話をしながらエルザさんは懐から札を取り出して床に貼り付けました。

魔力がかなり込められているみたいですが、何をするつもりでしょう。

「解ッ！」

エルザさんが言葉を発したとき、それに呼応して札が太陽のように明るく光ります。

そして、目の前にそれは姿を現しました。

『ギィイィギギィイィ』

「――っ!?　こ、これは!?」

「見えたかしら？　これは低級の悪魔。そして巷《ちまた》で噂《うわさ》の神隠し事件の犯人よ」

光を放った札に反応して姿を見せ、耳を塞ぎたくなるほどの奇声を放ったのは真っ黒な人型のナニカでした。

子犬ほどの大きさのそれは魔物とは明らかに異なり、不気味な雰囲気を醸し出していました。

これが神隠し事件の犯人？　先程まで全く見えませんでした。

「低級悪魔、というのは？　そして、事件の犯人にしては知性があるようには見えませんが」

「アスモデウスのような魔王級の悪魔は自らの影を千切って、下僕として扱うことが出来るのよ。それがこいつら低級悪魔ってわけ。影だから普通の人間には見えないの」

エルザさんは低級悪魔のことをアスモデウスの影の一部だと教えてくれました。

見えない下僕を作り出すことが出来るというのは何とも恐ろしい力です。

「こいつの殺傷能力は無いに等しいけど、見えない身体《からだ》を利用して、魔界と地上の狭間《はざま》にあるアスモデウスのアジトにターゲットを連れていくことが出来る」

「なるほど、目に見えないのでしたら抵抗することすら不可能ですね。これがアスモデウスの手口ということですか」

「そのとおりよ。あたしがここに来た一番の理由。分かってくれたかしら？」

アスモデウスの狙いは魔力を持つ女性と私の魂。

だからこそ、こちらとマーティラス家には退魔師が派遣されてきました。その一番の理由はつまり……。

「私たちが悪魔に対してあまりにも無抵抗だからですね？　見えない相手に抵抗も何も出来ませんから」

「そういうこと。だから、あなたたちは何もしなくていい。あたしたちに守られていれば良いの」

「そうですね。それが楽なのかもしれませんし、賢いのかもしれません。ですが――」

『ギギィィィギィィィィ！』

「――っ!?　あ、あなたまさか!?」

私は光の鎖でもう一体隠れていた低級悪魔とやらを捕らえます。

なるほど。位置さえ摑《つか》めれば魔物と同じ要領で浄化出来そうです。

破邪魔法陣は魔物の身体に特化した術式ですから、悪魔たちには効かないみたいですが……。光の鎖で締め付けると低級悪魔とやらは、消滅しました。

どうやら聖女の扱う光属性の魔法はそれなりに効果的みたいです。

「エルザさんの手本からやり方を推測してみましたが、悪魔を視認するには目に圧縮した魔力を集中する必要があるみたいですね」

「一度見ただけで真似《まね》るなんて……。第一、これは理屈が分かっても簡単に出来るものじゃないのよ」

「古代魔術に似たような術がありましたから。尤《もっと》もそれはトラップなどを見抜く術でしたが。教えればミアや師匠、それにグレイスさんやそのお姉様方はすぐに出来るようになるはずですよ」

古代魔術に似た術式があったおかげで私は低級悪魔の位置を見破る術を真似ることが出来ました。

これは古代魔術を学んでいればコツを掴むのはそんなに難しい技術ではありませんので、明日にでも皆さんに伝えておきましょう。


「歴代最高の聖女と呼ばれ、大聖女の称号を引き継いだというのは伊達《だて》じゃないってことね。そりゃ、アスモデウスも器として欲しがるわけだわ」

エルザさんは赤いファルシオンで二体の悪魔を真っ二つにしながら、私に声をかけます。

やはり、あのファルシオンは悪魔に対してかなり有効な武器みたいです。

あれを受けても平気なマモンさんが規格外というだけで……。

「あのアスモデウスはまるで実体が別のところにあるように見受けられましたが」

「いい質問ね。あれはユリウスに取り憑いたアスモデウスの思念体にすぎないわ。本体は離れた場所にいる。恐らくあなたのことを品定めに来たのね。そして低級悪魔を使って攫《さら》おうとした」

やはりあの半透明のユリウスは本体ではありませんでしたか。

幽霊というものは見たことがありませんが、そう言っても良いほど生気を感じませんでしたから。

「あたしが寝ずに番をしてあげるから、あなたはもう寝なさい。明日の聖女国際会議《セイントサミット》とやらを仕切るんでしょ」

「では、五分ほどお願いします。マナを集中して本気で休めばそれで全快しますから」

「はぁ、リーナやレオナルドがあたしたちを見てもそれほど驚かない理由が分かったわ。あなたも十分に人間離れしているのね」

「…………？」

エルザさんは何故か呆《あき》れたような口調になり、私のことをジト目で見て来られました。

私、何か変なこと言いましたかね？　最近、オスヴァルト殿下も私のことを変わったと仰《おつしや》っていましたし、周囲の方々にどう見られているのか不安でなりません。

ともかく、明日からの聖女国際会議《セイントサミット》。迷惑をかけないためにも集中しなくては。

◆

そして、翌日。大陸中の聖女たちが集まるという前代未聞の世界会議、聖女国際会議《セイントサミット》が、ここパルナコルタ王国で開催されました。

大陸中の聖女が集まるわけですが、私はある人物についてエルザさんに質問をします。

彼女の故郷であるダルバート王国はクラムー教の総本山であり、大聖女フィアナ・イースフィルの子孫が聖女を務めているのです。生まれ変わりの話を聞いてから、やはりフィアナ様の子孫がどのような方なのかは気になってしまっていました。

「エルザさん、ダルバート王国の聖女、アリス・イースフィルさんはやはり退魔師が護衛を？」

「アリス？　いいえ、あの子は聖女であり退魔師だから退魔術も使えるのよ。あなたみたいに何でもかんでも万能ってわけじゃないし、凄い破邪術が使えるわけじゃないけど」

「悪魔への対抗手段は持っているということですか」

「そういうこと。もちろん、ダルバート王国の精鋭が護衛はしているけどね」

私やマーティラス家の姉妹のような退魔師の護衛はいない。エルザさんはそう答えました。

教会本部が退魔師を抱えており、エルザさんの話によればフィアナ様が悪魔を撃退したというお話でしたから、イースフィル家は対悪魔の手段を昔から得ていたということでしょうか。

「フィリア姉さん、相変わらず朝早いね。ふわぁ」

「ミア！　あなたは、こちらに来てからだらけ過ぎです！」

「お義母様も朝から元気が良くて何よりです」

出かける準備が終わり、庭でエルザさんと雑談をしていますとミアと師匠が現れます。

ミアは師匠の養子になってからかなり厳しい特訓を受けているとのことですが、この様子ですと仲良くやっているみたいですね。安心しました。

「でもさ、よく考えたら凄いことだよね。色んな国の聖女と会えるなんて考えてもみなかった」

「よく考えなくても凄いことです。あなたはジルトニアの聖女として恥ずかしくない態度を心がけなさい」

「はーい。早く行こっ！　フィリア姉さん」

師匠の言葉を流しつつ、ミアは私の手を握りしめてサミットの会場であるパルナコルタ王宮の会議室へと向かいました。

あの会議室に行くのは魔界が接近しているという話をオスヴァルト殿下たちにしたとき以来ですね。

「おっ！　フィリア殿、それにミア殿にヒルデガルト殿も到着か。警備はパルナコルタ騎士団だけじゃなくて、各国の精鋭たちとの連携を取ってるから万全だ。安心してくれ」

「オスヴァルト殿下、朝早くからご苦労さまです。また後で挨拶に伺います」

王宮に着くと、オスヴァルト殿下が自ら警備の指揮を執っていました。

本来は騎士団長のフィリップさんの仕事なのですが、彼は私の護衛をしていますし、他国の方も警備に配属されていますので、外交的な意味も込めて殿下がリーダーとなっているのです。

謹慎明けの最初の仕事だと張り切っていました。

「オスヴァルト殿下、お久しぶりです。姉とはその後どうですか？」

「ミア殿、いや前にも言ったけど俺はフィリア殿と――」

「……殿下？」

ミアから挨拶されたオスヴァルト殿下は困った顔をして私の顔を見ました。そして、少し思案する様子を見せました。

また、この子は変なことを聞いて、殿下を困らせるのですから。

「……そうだな。フィリア殿、聖女国際会議《セイントサミット》が終わったら話したいことがあるから、食事でも一緒にどうだ？」

「は、はい。ではご一緒させて頂きます」

えっと、私はどうして即答してしまったのでしょう？

よく考えてみると二人きりで食事に行くとなると服装などをどうするかきちんと考えなくてはなりませんよね。ミアやリーナさんがそんなことを言っていた気がします。

普段ならもっと色々と考えてから行動を選択しようと意識しているはずなのですが……。

ただ、一つだけ確かなことがあります。オスヴァルト殿下のお誘いが嬉しくて、断るという選択肢が思い浮かばなかったことです。最近、こういうことが多いのです。

「おおーっ！」

「おお、ではありません。これ以上、口出しするのは野暮ですよ。先に参りましょう」

師匠はオスヴァルト殿下に会釈して、ミアの腕を引っ張り先に王宮の中に行ってしまいました。

どうして、先を急がれるのでしょうか？

「良い妹さんだな。フィリア殿が命懸けで守ろうと頑張った理由がよく分かる」

「ええ、私には勿体《もったい》ないくらい良い子です」

「俺はフィリア殿が姉だから良い子なんだと思ったけどな」

オスヴァルト殿下はミアのことを良い子だと褒めてくれました。

嬉しいです。あの子の良さが殿下にも伝わって。自慢の可愛《かわい》い妹ですから。

「それは、そうと。先日、フィリップが持ってきたフィリア殿が開発したという対悪魔用の武器の数々。何とか急ピッチで量産している」

「ありがとうございます。エルザさんのファルシオンを参考にして、私なりに安価に量産出来るものをいくつか作ってみたのですが、効果があるかどうか」

「魔物と違って未知の生き物だからな。だが、エルザ殿からもお墨付きを貰《もら》ったんだろ？」

「え、ええ。そうですね。出来が良いので退魔師の本部に設計図を持ち帰ると仰ってました」

私が設計した悪魔対策用の武器はエルザさんに一定の評価をしてもらいました。

マモンさんの首を吹き飛ばしながら効果を立証するとは思いませんでしたが……。

しかしながら、昨日のあの出来事――。

「オスヴァルト殿下、これを持っていて頂けませんか？」

「んっ？　これって、眼鏡か？　俺の視力はかなり良い方だぞ」

「昨日の夜、エルザさんに低級の悪魔は普通の人間には見えないと言われたので、その悪魔の実体を捉えることが出来る眼鏡を作ってみたのです」

「……みたのですって。昨日の今日で？」

「仕組み自体は簡単なものでしたから」

見えない悪魔を対策しろと言われても無理ですから、私はまず見るための道具を作りました。

アクセサリー作りの延長上で何とかなったので良かったです。とはいえ、武器とは異なり量産が難しいのが悩みどころです。

万が一のことを考えて、せめて警備の総指揮を執るオスヴァルト殿下には悪魔を視認出来るようになっていて欲しいと思い、渡しました。

「それでは、殿下。お食事、楽しみにしていますね」

「ああ、俺も楽しみにしてる。会議、頑張ってな」

オスヴァルト殿下に見送られ、私は王宮の会議室へと足を踏み入れました。

せっかくのこの機会、邪魔が入らなければ良いと切に願いながら……。

◆

「フィリア様が入って来られました！」

「「おおーっ！」」

「――っ!?」

私が会議室の中に入った瞬間、拍手の音が一斉に鳴りましたので驚いてしまいました。

ジルトニア、ボルメルン、ダルバート、アレクトロン、ジプティア、アーツブルグ、この大陸にある全ての国の聖女たちが一堂に会して、拍手で迎えてくれたのです。

あまりの勢いに圧倒されて私は一瞬、言葉を失ってしまいました。

各国の護衛の方々まで室内に待機されていますね。しかし、このような集まりが催されるなんて少し前まで考えもしませんでした。

各国の聖女が同時に余暇を得るなんてあり得ませんでしたから。

この国際会議《サミット》を実現させたことだけでも、大破邪魔法陣を、大陸全てを覆い尽くせるように拡大させた甲斐《かい》があります。

ただ、魔法陣の影響を受けない者による事件も発生していますので、危険があるということには注意しなくてはなりません。そんなことを考えながら私は挨拶をしようと口を開こうとしたのですが。

「フィリアさん！　会えて光栄です！　私はジプティア王国の――」

「あなたの活躍は聞き及んでいました。アーツブルグでは――」

「今日の主役が到着ということですね。初めまして、わたくしはアレクトロン王国にて――」

ええーっと、各国で聖女をされている方々がこちらに集まって来られました。

名前だけは存じているのですが、ボルメルンのように四人もの聖女を抱えている国は稀《まれ》でして、基本的に聖女は国から離れることが出来ませんので、皆さんとは初対面です。

こうして親しみをもって接して頂けるなんて思ってもみませんでした。

同じ神の御心《みこころ》のもとで務めを果たそうと努力している仲間たち。

漠然とした不安を抱えるよりも、皆様との素敵な出会いを意味のある形にしていこうという方向に意識を傾けましょう。

「フィリア姉さん、大人気だね」

「ミアったら。面白がらないで」

いつの間にか私が議長ということになっていましたので、ミアの隣に腰掛けながら用意した書類を取り出します。

ミアは呑気《のんき》そうな顔をして、私が皆様の応対をしている様子を見て笑っています。

そんなに変だったのでしょうか。自分の行動を振り返りたい気持ちになりつつも、議長の役目を果たすことにします。

「それでは、最初の議題は〝神隠し事件〟について、にしようかと思っています。よろしいでしょうか？」

当たり前ですが、最初の議題は〝神隠し事件〟。

これは大陸中で話題になっていますし、今私たちが最も警戒すべき案件です。

この場の全員でまずは情報を共有して対策について話し合い、自衛などして頂くことが最優先だと私は判断しました。

異議がなかったので、私はさっそく〝神隠し事件〟の真相について話します。

「魔力を持つ女性が姿を消す〝神隠し事件〟ですが、クラムー教の本部による調査により、悪魔による事象だと判明しました」

悪魔という言葉が飛び出して、この話を知らない方々は首をひねります。

無理もありません。私もかなりの文献を読み込んできた自信はありますが、悪魔の存在が関わっているなど気付きもしませんでしたから。

ここから先はエルザさんの受け売りになるのですが、神隠し事件は魔界の接近によるもので、アスモデウスという非常に力の強い悪魔が大聖女復活のために魔力を集めているという話をしました。

退魔師についてなど、話をしていますと青髪のショートカットの女性が遠慮がちに挙手をされます。

確か、あの方はダルバート王国の聖女。

「だ、ダルバート王国の聖女を務めております、アリス・イースフィルです。教会本部のた、退魔師も兼任しています」

気弱そうに小さな声で発言された女性は、先代の大聖女フィアナ・イースフィルの子孫であるアリスさんでした。

「アスモデウスの最終的な目的はフィリアさんです。で、ですから、フィリアさんさえ捕まらなかったら、捕まった方々は生かされたままのはず。だから、私たちは持てる力を結集してフィリアさんを死守しなくてはなりません」

彼女は私さえ無事であるならば、魔力の供給源として捕らえられた方々は生かされるだろうという見解を述べました。

その理屈は筋が通っていますし、私も気を引き締めなくてはと思います。

しかし、私を守るために皆様が負担を強いられるのは。

「よーし、だったら私がフィリア姉さんを守るわ。ヒルダお義母様、パルナコルタに残っても良いでしょ？」

「わたくしだって、ミアさんに負けていられませんわ！　このグレイス・マーティラス。マーティラス家の威信をかけてフィリア様をお守り致します」

ミアとグレイスさんが立ち上がり、私を守ってみせると豪語しました。

並々ならぬやる気というか凄みを感じるのですが、長く故国を留守にされるのはまずいのでは？

「ねっ？　フィリア姉さんも私が付いていた方が安心でしょう？　大丈夫、お義母様の非人道的な特訓を乗り越えた私に死角はないわ」

「ミア、人聞きが悪いですよ。フィリアは人道的でないなどとは言いませんでした」

ミアが師匠の修行についてはっきりとした意見を述べると師匠はジッと彼女を睨《にら》みました。

非人道的かどうかは分かりませんが、師匠のおかげで辛《つら》いとか苦しいとか思うことがなくなったような気がします。

　ユリウスに婚約破棄されて、こちらの国に行くことになったときもショックでしたが、すぐに受け入れることが出来たのは厳しい修行による精神的な強化のおかげでしょう。

「わたくしだって、フィリア様の一番弟子ですから。弟子が師匠をお守りするのは当然です」

「あ、あのう。ちょっと待ってください。ミアもグレイスさんも自国のことを第一に考えてください。聖女ならば、自分の国を守ることを最優先にすべきです。私なら大丈夫ですから」

　私はミアとグレイスさんにパルナコルタに残ることは良くないと諭しました。

　自国のことを一番大事に考えることこそ聖女としての基本姿勢だからです。

　私に構って自国のことを蔑《ないがし》ろにさせるわけにはいきません。

「待ちなさい！　フィリア・アデナウアーさん！　あなたの考えはズレていますわ！」

「え、エミリーさん……？」

　しかし、私が自国のことを最優先した方が良いと申したところ、エミリーさんが異議を唱えました。

　どういうことでしょう？　何か変なことを申しましたでしょうか……。

「ミアさんも、そしてグレイスも自国のことを最優先に考えていますわ！　最優先に考えた結果、ここにいる皆様であなたをお守りすることこそ、自国の安全を守ることにも直結すると思ったのです！」

「…………」

「この大陸を恐怖に陥れる元凶があなたをターゲットにしているのですから！　それを叩《たた》くなら大勢で構えておくべきでしょう!?　あなたは大船に乗ったつもりで、わたくしたちに守られていれば良いのです！」

手にしていた赤い扇をバッと開きながら、エミリーさんは私を守ることが自国の平和に繋《つな》がると力説しました。

私は他人《ひと》を頼ることにまだ億劫《おっくう》になっていたみたいです。

そうですね。

私は一人ではありません。

多くの方々に支えられているのですから。

甘えることは未《いま》だに苦手ですが、エミリーさんの言葉を聞き皆様のことを頼りにしたい、そう思いました。

今後の方針が出たことで神隠し事件の話は悪魔対策の話になり、私はアリスさんに話を振って下級悪魔の捕捉方法などをご教示してもらいました。

その後は結界術や治癒術についての情報交換。私は古代魔術の基礎と大破邪魔法陣の使い方について講義しました。

大破邪魔法陣は使用するために膨大な魔力を必要としていたのですが、私は研究によって何とかマナの変換を効率化することに成功して、既にミアとグレイスさんにはそれを伝えています。

ですから今は私一人の魔力で大陸全土を覆うことが可能になっており、ネックレスをずっと付けていなくてはならないという不便さからは解放されました。

ミア曰《いわ》く効率化されてもなお、大破邪魔法陣を発動させて拡大することは難しいとのことですが、時間をかけて訓練すればいずれは各国の聖女が使えるようになると信じています。

そして、議論も一段落したところで昼休憩を挟むことになりました。私自身も休憩へ向かおうとしたところ――。

「フィリアさん、あ、改めまして、自己紹介させてください。だ、ダルバート王国の聖女、アリス・イースフィルです」

アリスさんが話しかけて来られました。

エルザさんから退魔師としての力もかなりのものだと伺っていますので、午前の議題では私も積極的に彼女の話を聞こうとしたのですが……。

彼女も私と同じく人見知りみたいでしたので、何だか悪いことをしたと反省しています。

「フィリア・アデナウアーです。先程は失礼いたしました。是非とも退魔師でもある、アリスさんの意見を聞きたくて色々とお話をお願いしてしまい」

「いえ、わ、私こそ、何回も噛《か》んでしまって、あの、ええーっと、聞き取り難《にく》かったですよね？　い、いつもダメなんです。緊張すると上手く話せなくて。幼馴染《おさななじみ》のエルザにも怒られる始末です」

「分かりやすくて簡潔で、助かりましたよ。……エルザさんとは幼馴染なんですね。彼女にはお世話になっています」

自信が無さそうに話されるアリスさんでしたが、悪魔対策の説明は初めて悪魔について知った方でも理解しやすくて、感心しました。

さすがは大国ダルバート王国をたった一人で守っている聖女です。

それにしてもエルザさん、アリスさんと幼馴染なんて一言も仰ってませんでしたね。

あまり身内話をするタイプには見えませんので、不思議ではありませんが。

「え、エルザは、失礼なこととかしていませんか？　いきなりマモンの首を切り飛ばしたり――」

「はい。大丈夫ですよ。もう慣れましたから」

「だ、大丈夫じゃないですよ。エルザったら、あれほど、フィリアさんには丁寧に接するように言ったのに……」

エルザさんのことで、涙目になられるアリスさんを見て、彼女たちがどれだけ仲が良い友人なのか理解出来ました。

私にも仲が良い友人がいれば。いえ、ジルトニアにいたときはそう呼べる方はいませんでしたが今は……。

「なんだか、フィリアさんと話していると他人と話しているって感じがしません。温かい気持ちになるというか、ご先祖様であるフィアナ・イースフィルの生まれ変わりというのも、何となく納得出来ます」

「そうでしょうか？　未だにあの大聖女様の生まれ変わりだと言われても、あまりピンと来ないのですが」

「はい。とても緊張していたのですが、今はこのとおり、震えもなくなりましたから。エルザのことよろしくお願いします」

ペコリと頭を下げて、アリスさんは待たせていたダルバート王国の護衛の方と会議室の外に行かれました。

どうやら、皆様、自衛も兼ねて各々の護衛の方と共にいるみたいですね。

これだけ足並が揃《そろ》っているとアスモデウスが何かを仕掛けてきたとしても手を打ちやすいです。

私も外の空気を吸いに中庭にでも行きましょう。

会議室を出て、私は王宮の中庭を目指しました。


おや？　あそこにいらっしゃるのは――。

「フィリップさん。特訓をされているのですか？」

「フィリア様！　休憩ですか！　いやー、フィリア様の考案されたこの槍《やり》ですが、使い心地が最高ですな！　任せてください！　悪魔が何体来ようとこのフィリップがフィリア様をお守りいたします！」

中庭で赤い槍を振り回していたフィリップさんに話しかけると、彼はいつもどおりの元気な声で返事をしました。

先日、オスヴァルト殿下に手渡した対悪魔用武器の試作品がいくつか出来上がったみたいですが、当然彼も受け取ってくれたみたいですね。

槍の先端にはエルザさんのファルシオンを参考にして作った、魔力を吸収する金属を加工した刃が備え付けられています。

エルザさんの武器との違いは〝魔力の吸収〟という特性に特化したところです。

フィリップさんやオスヴァルト殿下は魔力を保持していないので、魔力を流し込んで武器を強化することは出来ません。

しかし、金属を介して魔力を吸い取ることで、悪魔の高い再生能力を抑えることは出来ます。

つまり、フィリップさんの人並外れた膂力《りょりょく》はそのまま悪魔への殺傷能力に活《い》かされることになるのです。

「あの日、エルザさんとマモンさんがやって来た日から、フィリップさんやヒマリさんの元気がなくなったように見えましたので、日頃の感謝も込めて作らせて頂きました」

「フィリア様！　自分たちのためにそこまで！　うおおおおおおっ！　感動して涙が止まりません！」

大きな声を出しながら泣き出すフィリップさん。

そ、そういえば、初めてお会いしたときもミアの話を聞いたと泣いていたような記憶があります。

なんとも、お優しい方です。

「フィリップさ～ん、うるさいですよ～～！」

「フィリア様が困っておられる。私の故郷では真の武人とは親の死目以外では泣かぬものだ」

「フィリップ殿、困りますなぁ。何事かと思って飛び出してしまいましたよ」

リーナさん、ヒマリさん、レオナルドさん。

会議中は部屋の内外でひっそりと私のことを見守っていた彼女らが、揃って姿を現しました。

「むっ！　フィリア様！　申し訳ありません！　醜態を晒《さら》してしまいました！」

「いえ、そんなに喜んでもらえると思っていませんでしたから、嬉しいです」

リーナさんたちに咎《とが》められたからなのか、少しだけ気まずそうな顔をしたフィリップさんでしたが、私は素直に嬉しいと感じています。

こうして喜んでもらえるとやり甲斐がありますから。

「あー、それって対悪魔武器ってやつですよね～～？　私も短刀《ダガー》を貰いましたよ～！」

「このクナイでフィリア様の敵を全て屠《ほふ》ります」

「赤い靴も洒落《しやれ》ていて良いものです。まるで、あの頃に若返った気分ですな」

どうやら三人とも完成品を受け取ってくれたみたいです。

そんな皆さんを頼もしいと思うと共に、私の気が散らないように配慮しながら守ってくださっていることにあらためて感謝しました。

さて、そろそろ休憩も終わりですから早めに会議室に戻りましょう。

フィリップさんたちに今後のことを頼みます、と挨拶をして、私は会議室へと向かいました。

足取りが軽い。神隠し事件の話など緊迫感のあるお話をした後でしたが、皆様のおかげでリラックス出来たからでしょうか。

「フィリアさん、ちょうど良かった。悪魔対策の予算を資料にまとめたので、各国の皆さんへの挨拶も兼ねて会議室に行こうと思っていたのですよ」

「ライハルト殿下、ご苦労さまです」

廊下で私を呼び止めたのはパルナコルタ王国の第一王子であるライハルト殿下でした。

どうやら殿下は予算案の資料を私に渡すついでに聖女の皆さんに挨拶しようと思っていたようです。

聖女国際会議《セイントサミット》を成功させようと最も尽力していたのはライハルト殿下でしょう。

人員の手配から各国の聖女やその護衛の宿泊地の準備など、率先して指揮を執られていましたから。

おそらく、先代聖女のエリザベスさんも生きていたら、喜んで協力していたに違いない、だからライハルト殿下は婚約者だった彼女の意志を継いでいるのだろう、とオスヴァルト殿下は先日私に話されました。

エリザベスさんはライハルト殿下の心の中でまだ生きているのでしょう。

「会議の方はどうですか？　有意義な情報交換は出来ていますでしょうか？」

「もちろんです。国によって力を入れている部分も違いますから、今後の参考になります」

「それは良かったです。フィリアさんにとって有意義ならば、すなわちそれはパルナコルタ王国そのものの繁栄に繋がりますから。私たちにとっても喜ばしいことです」

ライハルト殿下は聖女としての私を高く評価してくださっています。

私にとって有意義ならば、それはパルナコルタの繁栄。大袈裟《おおげさ》だと思うのですが、そこまで期待して頂けて光栄です。

そういえば、以前にライハルト殿下は私にプロポーズされましたが、あれから色々とあってそれどころではなくなったので、待たせっぱなしなんですよね。

早く返事をしなくては、と思っているのですが……。


「そういえば、聖女国際会議《セイントサミット》の日取りはライハルト殿下が決めたのだと伺いました。暦の上では特に縁起が良い日ではありませんが、何か特別な日なのですか？」

「あはは、さすがはフィリアさんだ。普通はそんなところまで気にしませんよ。なるほど、確かに聖女が集まるハレの日ですから、暦上で大吉日を選ぶべきでしたね。失念していました」

そうでしたか。今日という日を何か意図があって選んだのだと思ったのは私の考えすぎだったみたいです。

ライハルト殿下なら暦上で吉日か否か気にされると思ったのですが……。

深読みをしてしまったみたいで、少々恥ずかしいです。

「失礼しました。変なことを聞いてしまって。昔から細かいことを気にするので、神経質だとよく言われてしまうのです。直さなくてはと思っているのですが」

「いえ、フィリアさんの推測は当たっていますよ。この日を聖女国際会議《セイントサミット》の開催日に選んだのは私情が絡んでいます。他ならぬ私の」

「私情ですか？　ライハルト殿下の？」

素直に驚きました。私の知る、ライハルト殿下はそういったこととは程遠い人間だと思っていたからです。

何事も合理的に判断して、国の安寧を願う殿下の姿勢は聖女としての信念にも通じるところがあり、共感していました。

「今日はエリザベスと結婚する予定の日だったのですよ。会議の後で皆様が立ち寄る予定の、大聖堂で――」

「――っ!?　そ、そうでしたか。申し訳ありません。私ったら無神経にライハルト殿下の心の中に入り込むような真似をしてしまい」

何と余計なことを言ってしまったのでしょう。

まさか今日がライハルト殿下の亡くなった元婚約者、エリザベスさんとの結婚式の日だったなんて。

「気にしないでください。私らしくないことをしたと思っていますから。この日を他の行事の日として埋めてしまえば、何か私の心の中が変わると思ったのです」

少しだけ寂しそうな顔をして、ライハルト殿下は心の内側を変えたいから、このイベントを今日にしたと告白されました。

「ライハルト殿下、変わったりしませんよ。エリザベスさんを失った悲しみは、他の行事なんかで埋まるはずがありません。……殿下の心の中にエリザベスさんがいるのですから」

「……そうですね。私の心にはリズが……、いえエリザベスがまだいるみたいです。しかし不思議です。彼女を失った日から別のものへ塗り替えるために会議を今日にしたのですが、彼女への想《おも》いが色褪《いろあ》せないことに、何故か私はホッとしてしまいました」

胸に手をおいて、静かに微笑《ほほえ》みながらそう答えるライハルト殿下。

想い出を忘れることは、恐怖かもしれません。たとえそれが辛く悲しいものだとしても。

もちろん、過去のものと割り切り悲しみを乗り越えることも大事かもしれませんが。過去を大切にすることも同じくらい大事だと私は思います。

「以前フィリアさんに結婚を申し込んだ件ですが」

「は、はい。すみません。覚えてはいたのですが、なかなか返事が――」

「いえいえ、今は有事ですから急《せ》かすつもりはありません。落ち着いた頃にゆっくりと考えて頂ければ」

ライハルト殿下は先日のプロポーズについて言及されましたが、結論を急いでいるというわけではなさそうです。

そうですよね。今は魔界の接近と同等の危機が迫っているのですから、結婚どころではありませんよね。

「私が気になったのは、フィリアさんにも心の中に誰かがいるのでは、というお話です」

「心の中に誰かが、ですか？」

——オスヴァルト殿下？

ライハルト殿下の問いかけを聞いた瞬間に何故かオスヴァルト殿下の顔を思い浮かべた私。

な、なんでしょう。とても、恥ずかしいのですが。

「……ええーっと、そのう、なんと言いましょうか、心の中に出てきたというか、そのう」

「誰かがいるのですね？　なるほど、振られる覚悟はしておかなくてはならないみたいです」

「ライハルト殿下？」

「それでは、フィリアさん。弟をくれぐれもよろしくお願いします」

興味深そうに私の表情をご覧になりながら、再び微笑むと、会議室のドアを開けて私をエスコートしてくれました。

お、弟をよろしくって、わ、私、何か口にしましたっけ。

休憩が終わりまして、ライハルト殿下が各国の聖女たちに挨拶を済ませると、引き続き結界の張り方や、治癒魔法の効率化などの情報交換をしました。

そこから議題は修行の方法へと移ります。

「フィリアさんはどのような修行をされたのですか？」

「それはボクも気になります」

「……フィリア様の特訓によってわたくしは以前よりも遥《はる》かにパワーアップしましたわ」

「ふ、ふん。別にわたくしは気にならなくてよ。どうしても話したいなら聞いて差し上げますけど」

修行方法ですか。私もミアも師匠であるヒルデガルトから教わりましたから、ここは師匠から話をしてもらいましょう。

私たちに遠慮してずっと黙っていますが、師匠は聖女としても指導者としても優れている方です。

是非とも師匠の理論を皆様に聞いてもらいたい、と私は思いました。

「私は師匠であるこちらのヒルデガルトよりご指導頂いて力をつけました。ですから、ここは師匠より修行法の指南をして頂きたいのですが」

「……私が皆様に修行法を？　フィリア、私を立てなくても結構ですよ。あなたが話せばよろしいではありませんか」

「いえ、私は指導者としてはまだまだ未熟ですから。ここは師匠からお願いします」

「ふぅ、仕方ないですねぇ――」

ここから師匠の講義が始まりました。

冬の雪山で一ヶ月間生活し、生と死の狭間を体験することで自己の限界を高めたり、砂漠の中に生き埋めとなり大地の力を感じ取ったり、常に微量の魔力を全身にまとって針の山の上で寝たり、今思えば辛くもあり、懐かしくもある訓練の数々を語ってくれたのです。

「「………」」

これは一体どうしたのでしょうか？

先程まで、あれだけ活発に意見交換をしていましたのに。皆様、どうして黙っていらっしゃるのでしょう？

「やっぱり、みんな引いているんだよ。ヒルダお義母様の特訓があまりにもな内容だから。姉さん、針の山の上で寝ていたって冗談だよね？　あはは、頼むから冗談って言ってよ。じゃないと私……」

ミアが小声で、皆様が師匠の訓練メニューに引いてしまっていると私に教えてくれました。

そういえば、以前にオスヴァルト殿下にこのお話をしたときも聞いているだけでギブアップしてしまうと仰っていましたね。

聖女として力をつけるにはとても効率の良いメニューだと思うのですが。

「おーほっほっほっほ！　アデナウアー式は随分と力任せなトレーニングですのね。ここは、このエミリー・マーティラスがマーティラス式の優雅でエレガントな秘伝のトレーニングメニューを教えて差し上げましょう！」

「エミリーお姉様、フィリア様たちに失礼ですわ」

「まずは魔力向上のトレーニングです。エリルトン湖の近くで採れる高級ハーブを――」

静まり返った会議室内でエミリーさんが、今度はマーティラス家の独自のトレーニングメニューを教えてくださいました。

マーティラス家は四姉妹が全員聖女になったという大陸でも屈指の名家。

実際にグレイスさんは私やミアよりも若くして聖女になっていますし、効率的なトレーニングを積んでいたことは彼女と接していて、よく分かりました。

なるほど。そういう修行をされた成果が今日に活かされているのですね。非常に参考になりました。

「そ、それでは私からも退魔術の基礎をお教えしましょう。あ、悪魔は基本的に――」

さらにアリスさんが続けて退魔術の基礎を講義してくれました。

私たちが悪魔と対峙《たいじ》したときに自衛が出来るように配慮してくれたのでしょう。

「厄介なのは悪魔は人間の身体に憑依《ひょうい》して操ることが出来ることです。操られた人間は」

「侵入者です！　王宮内に怪しい者が！」

アリスさんの講義を聞いていると、突然会議室にパルナコルタの兵士が入ってきました。

侵入者？　一体何が起こっているのでしょう？

「ここまでの案内、ご苦労。君はもう下がっていて良いよ。僕は麗しきフィリア・アデナウアーに用事があるんだ。やぁ、フィリア！　僕の運命の人！　また会えたね！」

「「ユリウス!?」」

バタリと兵士が倒れたかと思えば、彼の後ろからユリウスが出てきます。

囚人の着るような服装ですが、姿形は間違いなく彼です。

昨夜は半透明の状態でしたが、今日は実体と言いましょうか、くっきりと見えています。

ミアと師匠が特に驚いていますね……。それはそうでしょう。

ユリウスを失脚させるために頑張っていたのですから。

「おやおや、この僕を裏切って投獄まで追い詰めた女狐《めぎつね》もいるのか。まぁいいや。僕はフィリアさえ手に入れられれば」

ミアを裏切り者呼ばわりしていますね。昨夜は私とユリウスの婚約についても言及していましたし……。

どうやら、ユリウスに憑依することで彼の記憶を共有しているみたいです。

「相変わらず気持ち悪いわね！　あなた、アスモデウスってやつに身体を乗っ取られているんでしょう!?　いいわ！　私が捕まえてやる！　光の鎖《ホーリーチエーン》ッ！」

ユリウスがミアを一瞥《いちべつ》すると、彼女は目にも留まらぬスピードで術式を展開して光の鎖を出現させます。

「……フィリア、昨夜は暗くてよく見られなかったが、相変わらずきれいな銀髪をしているね。そして魂も誰より美しい。やはり君は僕のモノになるべき人間だ」

「わ、私の術が効かない!?」

ゆっくりと私に向かって歩いてくるユリウスはミアの放った光の鎖を何もなかったかのように弾《はじ》きます。

恐ろしく高濃度の魔力をまとっていますね……。ミアの術をものともしないほどに。

「アスモデウス、昨日みたいにユリウスのフリをすることに何の意味があるのですか？」

「別に意味などない。実体が馴染《なじ》んできてな。フィアナと同じ魂を持ち、美しい銀髪をしている君に一目惚《ひとめぼ》れしたのさ。愛を育むなら、悪魔としてではなく、人間としての方が君にも都合が良いだろう？　つい最近まで僕らは婚約者同士だったんだし」

何を言っているのか分かりません。

ただ、目の前にいるユリウス、いえアスモデウスの口調は優しく、慈しむようで、殺意や悪意は一切感じないのです。

これはフィアナ様への情愛がそうさせているのでしょうか。


「フィリアさん！　離れてください！　悪魔には退魔術！　わ、私が彼を退けます！」

「ふぅ、退魔師もいたのか。うざったいことこの上ない。ごめんな、フィリア。こう騒がしいと僕の愛の言葉が聞き取りにくいだろう」

アスモデウスの目が紫色の光を発したかと思うと、両手のひらに収まるくらいの小さな扉が次々と出現して中から黒い塊が次々と飛び出してきました。

こ、これは、アスモデウスの影、低級悪魔たち……ですか？　目に魔力を集中させると黒い塊が人型を成して空を飛んでいる様子が見えました
「だから僕はこの場にいる君以外の人間を全部消すことにするよ」

「――っ!?」

あまりにも静かに、あまりにもドス黒い狂気と共に、アスモデウスは悪魔を率いて私を手に入れようとやってきたのです。

私以外の人間を消すというのは比喩ではない。

アスモデウスから発せられる魔力の波動はそれほど強く、不気味でした……。

大量に発生した低級悪魔たちは魔力を有する聖女たちに群がり、どこかに連れさろうと摑みかかります。

「シルバー・ジャッジメント！」

ミアが放つのは幾重もの銀十字のナイフを飛ばす破邪魔法。

魔法というものにも様々な種類がありまして、私たち聖女は魔物に対して絶大な効果を誇る光属性の魔法を得意とします。

他にも地水火風に加えて闇の属性の魔法もあるのですが、あまり必要性を感じたことがないので私もほとんど使っていません。

ミアのシルバー・ジャッジメントは効果は抜群で、低級悪魔たちを次々と倒します。

先程、低級悪魔の探知方法を共有したことが早くも活きましたね。彼女も目に魔力を集中して、きちんと悪魔たちを捕捉しています。

「退魔術！　喰魔鴉《くうまがらす》！」

アリスさんが使うのはエルザさんと同じく退魔術。

一枚のお札を懐から出したかと思うと、そこから銀色の光に包まれた鴉《からす》が飛び出しました。

その鴉はなんと、悪魔をモグモグと食べています。このようなタイプの魔法は初めて見ます。古代魔術には似たようなものがあったという記述は読んだことがありますが。

やはり退魔術とは、古代魔術を基礎として、私たちが知る魔法と違う方向に進化した術なのかもしれません。

「まったく、僕は静かな場所で君と二人きりになりたいだけなのに。うざったいな、退魔師も聖女も！　弱いくせにいつも僕の邪魔をする」

「「――っ!?」」

再び紫色に発光するアスモデウスの瞳。

すると、今度は天井に届きそうなくらいの大きな扉が彼の後方に出現して、中から黒い狐のような顔をした大柄な悪魔が五体出てきました。黒いローブを身に着けて二足歩行をしていますが、明らかに人ではありません。

あれは恐らくサタナキアさんと同じく中級悪魔と呼ばれている存在でしょう。エルザさん曰く中級悪魔は動物のような容姿をしており、低級よりも遥かに知能が高く、力も強いのだとか。マモンさんのように言葉を話せる者も多いそうです。

「「アスモデウスサマ。ナンナリト、ゴメイレイヲ」」

「魔力を持つ女どもは連れ去れ、他は殺しても構わん。おっと、そこのフィリアという女には手を出すなよ。僕の大切な人なんだ」

「「カシコマリマシタ！」」

中級悪魔たちは声を揃えてアスモデウスの命令に従い、こちらを無表情で一瞥すると、大理石の床に亀裂が入るほどの強い力で跳躍して襲いかかりました。

「な、なによ！　こいつ！」

「聖女様！　お下がりください！」

「な、なんて力なんだ！　ば、化物め！」

中級悪魔たちがその圧倒的な俊敏さと剛力を見せつけて、室内はパニック状態におちいります。

アスモデウスがいる限り、次々と増援がやってきそうですね……。

「元凶のあなたに退場してもらうのが、この状況を好転させる一番の近道だということが分かりました」

「じゃあ、僕の世界に来るといい。今のままでも君は美しいが、君の魂にピッタリの器を用意したんだ」

アスモデウスは私に向かって手を差し伸べます。

彼のいる世界とやらがどこなのか分かりませんが、私がパルナコルタ王都から離れてしまうと大破邪魔法陣が解けてしまいますので、捕まるわけにはいきません。

魔法陣の消失はすなわち、大量の魔物の復活を意味しますから、大陸中がパニックになってしまうでしょう。

「聡明《そうめい》な君なら分かっているんだろう？　フィリア、君は人間の中では大きな魔力を持っているが、それでも僕には遠く及ばない。僕は君に傷付いて欲しくないんだよ。きれいな身体のまま連れて帰りたい。だから――」

「………」

「無駄な抵抗はしてくれるなよ――」

アスモデウスの言うとおり私の魔力では彼を傷付けることは無理です。

ミアの魔法が通じなかったことからもそれは明白です。

慈しむように手を差し出すアスモデウス。このままだと私は……。

「呆《ほう》けてる場合じゃないわよ。さっさと逃げなさい！」

「――っ!?　ぐっ、退魔師か!?」

私の方に差し出された手は赤いファルシオンによって分断されました。やはり血は出ませんか。

ユリウスの身体は憑依されて悪魔に近付いていているみたいです。

そう、ヒュンヒュンと刃を振りながら私の前に立つのはエルザさん。私の心強い護衛の一人です。

「やめてくれ――！　僕ァ怪しいもんじゃないってば！　エルザ姐《ねぇ》さん、この姿のせいで誤解されてるじゃないか――っ！」

「おのれ！　怪しい虎の化物め！　言葉を発するとはなんて面妖な！」

「お前もあいつらの仲間だな！」

「フィリア様たちには触れさせません！」

さらにマモンさんが巨大な白猫の姿で、兵士たちに追われながらこちらに走ってきます。喋る虎ということで悪魔の仲間だと思われたみたいです。

「貴様は退魔師の使い魔に成り下がった同胞、マモン……！」

「あらら、あんたはアスモデウスの旦那ですか？　随分と男前になりましたねぇ」

「貴様は昔以上にバカっぽい格好だな」

「おっと、こりゃあ失礼。僕ァレディ以外の前では身だしなみには気を遣わない主義でねぇ」

アスモデウスはマモンさんのことを知っていました。

彼もまた悪魔の世界では名の知れた方なのでしょうか。

マモンさんはニヤリと笑いながら軽口を叩いて、人間の姿に戻ります。どうやら彼はアスモデウスの魔力を感じても恐れはないみたいです。

「姐さん、アスモデウスの旦那、青瓢簞《あおびょうたん》みたいな人間に憑依している。こりゃあ、全然本調子じゃないですぜ。倒すなら今が千載一遇のチャンス……」

「ええ、どうやらそうみたいね。でも、その前に――」

エルザさんが目にも留まらぬスピードでファルシオンを振ると、「ギィギィ」と断末魔の声を響かせながら、次々と低級悪魔たちは消え去ってしまいました。これで低級悪魔たちはいなくなり、残りは五体の中級悪魔たちとアスモデウスのみです。

やはり、悪魔退治を専門でずっとやってきたというエルザさんは聖女と比べて悪魔との戦闘について一日の長があるみたいです。

「エルザ先輩、付近の人たちを避難させました！　あとはこの部屋だけです！」

「よろしい。クラウス、アリス、援護して。ここからは退魔師の戦い……！　大聖女さん、あなたたちは、ここから離脱しなさい」

エルザさんはクラウスさんとアリスさんを近くに呼んで、私たちにここから立ち去るように命令しました。

彼女らに任せるにしても、ユリウスの魔力は並ではありません。

本調子じゃないというのなら、なおのこと危険。

私としては見過ごすことが――。

「待ちなさい！　退魔師の戦いだか、なんだか分かりませんが！　ここで尻尾を巻いて逃げればマーティラス家の名折れ！　このエミリー・マーティラス、悪魔の親玉さんとの戦い、助太刀させてもらいますわ」

「お姉様の言うとおりです。わたくしも戦います！」

「姉さんはやらせない。今度は私が守る番なんだから！　バカ王子の顔だし思いきりやれるわ！」

エミリーさんにグレイスさん、それに加えてミアまでも私を守るように立って、魔力を両手に集中させます。

皆様が私を守ろうとしてくださっている。

以前なら申し訳ない、という感情が先だったかもしれません。

でも、今はそれがたまらなく嬉しく感じます。

そして、誰一人として犠牲を出したくないです。たとえ、どんなことをしようとも。

「うるさいなぁ。僕とフィリアの間に入って来るなよ！」

「「「――っ!?」」」

ま、魔力がさらに倍に!?　い、いえ、それ以上に膨れ上がって!?

その異常なほどの魔力の上昇を感知するのと同時に、王宮は大爆発を起こして半壊してしまいました。

◆

私たち聖女は爆発を感じ取るのと同時に光の盾を展開して会議室内の人たちを守ろうとしましたが……。予想外の威力によって、みんな吹き飛ばされてしまいます。

気付けば至るところで悪魔たちが暴れていました。そして、アスモデウスは――。

「随分と高いところから見下ろしていますね」

「師匠……、ご無事で何よりです」

師匠は空中から私を見下ろしているアスモデウスを指差します。

どうやら、私と近いところに吹き飛んでいたみたいです。ミアたちも無事なら良いのですが……。

それにしてもアスモデウスの切られた腕が再生しています。まるでトカゲの尻尾みたいに。だから、マモンのように切断された部分を拾わなかったのですね。

私は周囲の〝マナ〟を吸収して〝光のローブ〟を身に纏《まと》い臨戦態勢を整えました。

「まぁ、待て。フィリアよ、僕は美しい君を傷付けたくないんだ。戦いなどして怪我《けが》をしたらどうする？　大人しく僕と共に来るんだ。ほら、僕に手を伸ばして。そうしたら、痛い目を見なくて済む」

こちらの様子を見ているアスモデウスは戦うのを止めるように促します。

怪我をしないように気を遣っているみたいですが、この惨状を見て黙っているわけにはいきません。それに彼に付いていくということは、さらなる破滅を意味します。

「大破邪魔法陣を使っている私がこの国から動くわけにはいきません。あなたの誘いには絶対に乗らないということです」

「うーん。やる気満々ってわけか。困ったな。僕はきれいなままの君を持って帰りたいんだけど。あー、そうだ。こういうのはどうだろう？　先代ジルトニア聖女ヒルデガルト・アデナウアー……、フィリアの伯母か」

「し、師匠！　避けてください！」

「なっ!?」

気付いたとき、アスモデウスの影が実体化して師匠に向かって伸びていました。

ギリギリで反応しましたが一歩及ばず影は師匠の腕を摑みます。

そして、アスモデウスの本体の腕に吸い寄せられるように伸びて師匠は彼に捕まってしまいました。

な、何故、どうして急に師匠を!?　私が狙いではなかったのですか!?

「フィリアには自分の意志で僕に屈服して付いてきて欲しいからね。人質を取らせてもらうよ。

へぇ、随分と彼女にはしごかれたみたいだね。師匠だということは記憶にあったが」

ユリウスの記憶を共有しているアスモデウスが、ヒルデガルトが私の師匠だったことを知っていることと自体には納得出来ます。

ただ、彼女からどんな修行を受けたのかなどはユリウスには一切話していません。

それなのに、何故、彼はまるで師匠がどんな修行を私に施したのか知っているような口ぶりになっているのでしょう。


「不思議そうな顔をしているな。僕は触れた人間の記憶を読み取ることが出来るんだ。へぇ、ヒルデガルトよ。君はフィリアに秘密にしていることがあるじゃないか。こんなに大事なことフィリアに黙っていて良いのかな？」

「――っ!?　アスモデウス！　止めなさい！　余計なことを言うのは許しません！　うぐぐっ……！」

「うるさいな、ちょっと黙っていろよ」

師匠が私に隠し事を？　いえ、誰にだって言えないことはあるはずです。

そんなことよりも師匠を早く助けなくては。アスモデウスが師匠の首を絞めているのは、私に対する脅しなのでしょう。

人質としての価値がある限り、殺すことはしないはずです。

「フィリア、母親の命が惜しいのなら僕に付いてこい。そして永遠に僕と共にいると誓え！」

「――っ!?」

な、何を言っているのですか？　こ、この人は。

し、師匠が、ヒルデガルトが私の母親のはずがないではありませんか。

だって、それなら私とミアは姉妹ではなく、父も母も……。

「この女、お前が両親だと思っている連中に娘を奪われているんだよ。家の存続のためにな！　憐《あわ》れだよなぁ。人間も悪魔に負けないくらい鬼畜なことをしているらしい。ちなみにお前の妹は知っていたみたいだぞ」

アデナウアーの本家では聖女になる素質のある女性が生まれない場合、養子を取るなどしていたことは知っていました。

ですが、私がそうだったなんて。いえ、奪われたというような言い回しをしたということはもっと無理やり。

信じていたことが全部崩れ去りそうになりました。

あらゆることに動じない精神を培ったはずなのに、気付けば身体が震えていました。

「フィリア！　私のことは見捨てなさい！　あなたのことを私は捨てました！　娘を捨てた母親など本物の親ではありません！　あなたは自分とこの国のことを考えれば良いのです！」

師匠は自らを見捨てるように私に指示を出しました。

このとき、私はアスモデウスの言葉が本当だったのだと確信しました。師匠がわざと、私が彼女に恨みを持つような言い回しをしたのですから。

ヒルデガルト・アデナウアーは間違いなく私の母親なのでしょう。

しかしながら、アスモデウスの思惑と違い、彼女は人質としての機能を果たさないことを望んでいます。

師匠は「聖女ならば何よりも国を優先すること」といつも口にしていました。

そして、そんな彼女は自分よりもパルナコルタ王国を優先しろと言っているのです。

彼女を助けるために自ら危険を冒すのは、この国を守る聖女として失格だと。


『いいか！　人間ってのは、正しいとか、正しくないとか、そんなことを頭で考える前に！　心で判断しなきゃならないときもある！』

以前の私なら合理的でリスクの少ない道を選んでいたのかもしれません。

――ですが、今の私は自分の心を優先したい！

師匠は、ヒルデガルトは、母親とか血の繋がりとかそんなことは関係なしで私にとって大切な人です。

今日まで生きる力をくれたのは彼女なのですから。

「師匠、私は絶対にあなたを見捨てません！」

私は自分でも驚くくらいの大きな声を出して、師匠を人質に取りながら宙に浮いている、アスモデウスに手を伸ばしました。

師匠は聖女としての務めを果たすために自分のことを見捨てろと言いますが、私にとってはミア

と同じく大切な彼女を見捨てるなど到底出来ないのです。

「ふっふっふっ、それでいい。地上の結界は消えて魔物たちによるパレードが再開されるだろうが、気にするな。どちらにせよ、滅びの未来しかないのだからな」

彼は先程と同様に右手を伸ばして、私の手を握りました。

体温を感じさせないひんやりとした冷たい手。悪魔の身体構造が人間とはまた別だということを物語っています。

ですが、その構造はマモンさんを観察して十分に把握するに至りました。

そう、どうやって壊せば良いのかも。

「うがあああああああああああッ!!」

私の手を握った瞬間にアスモデウスは悶《もだ》え苦しみ、師匠を手放します。

空中から落下した師匠ですが、普段から鍛錬を積んでいますので、無事に着地しました。

マモンさんの再生を何度か確認する内に、悪魔は血液の他に体内に絶えず魔力を循環させている生体構造だということは理解しました。

そこから悪魔対策として考えていた、自らの魔力を悪魔の体内に流し込み、循環を一時的に止めるというやり方を試してみたのです。

アスモデウスは自らの身体を強大な魔力で守っていますが、直接触れてしまえば古代魔術の応用で彼の体内に魔力を注入することは可能だとは思っていました。

古代魔術の基礎は、触れているものの魔力を吸収し、それに自分の魔力を上乗せして術式を強化すること。吸収した魔力を体内に留《とど》めておくことは出来ませんが、多大なる魔力を必要とする大破邪魔法陣は自然界のマナという魔力を吸収して自らの魔力に加えることで発動させることが可能となっています。

その要領でアスモデウスの身体を守る魔力を吸収して、自分の魔力に上乗せして注入。魔力を吸収するためには自らの魔力も必要となりますが、何とかうまくやることが出来ました。

計算では魔力の循環が止まると生体としての活動が不可能になり、再生も出来なくなる上に、心臓が止まれば死に至るはずでしたが……。

「エルザ先輩！　チャンスですよ！」

「分かっているわ！　あの大聖女さん、あたしよりも悪魔の身体について詳しいんじゃないの？」

クラウスさんとエルザさんがこちらに駆けつけて、アスモデウスにトドメを刺そうと促します。

体内に毒物を注入されたも同然のアスモデウスは何とか右腕から私の魔力が身体に回らないように必死で止めているみたいです。

そのため全身がスキだらけで、彼を倒すにあたっては千載一遇のチャンスです。

「ぐあああああああああっ！　フィリア――――っ！　なぜ、こんなことを！　僕は、僕は、こんなにお前のことを愛しているというのに！　だからこそ、ここに迎えに来てやったのに――――っ！」

「「――っ!?」」

エルザさんとクラウスさんが空中に舞い上がり、心臓を貫こうと武器を構えた瞬間。なんとアスモデウスは自らの右腕を手刀で切り落として周囲に黒い矢を放ちました。苛烈に、見境なしに……。

黒い矢は地面や瓦礫《がれき》に突き刺さると爆発を起こします。これでは、彼に容易に近付けません。

「自分の腕を切り裂いてさらに元気になるなんて！　先輩！　引きましょう！」

「馬鹿なことを言わないでよ！　腕を即座に再生しないってことは出来ないってことなのよ。あの化物が片腕になるチャンスなんてもう来ないわ！」

エルザさんは強引に攻めることを選択しました。

恐らく再生しないのは私の魔力によって体内の魔力の循環が上手くいかなくなっているからでしょう。

そしてエルザさんの仰るとおり、彼が油断して私に自らの身体を触れさせるチャンスはもう来ないかもしれません。

「僕が片腕なら敵《かな》うと思ったのか!?　ふざけるな！　貧弱な人間風情がァァァァァァ！」

「うわぁあああああっ！」

「うっ!?」

しかしながら、それでもアスモデウスの力は強く、クラウスさんもエルザさんも、吹き飛ばされてしまいました。アスモデウスは興奮状態にあり、血走った目をこちらに向けて空中から突撃してきます。

左手を振り上げて狙っているのはエルザさん!?　いけません、あの手刀は鋼鉄の剣などよりもずっと鋭くて殺傷能力があります。

エルザさんは地面に体を強く打ちつけて動けない様子。このままだと彼女が――。

「なっ!? フィリア? なぜ、お前がそこにいる?」

「だ、大聖女さん、どうして?」

気付けば私はエルザさんを庇《かば》ってアスモデウスの手刀を脇腹に受けていました。

大丈夫。血は出ていますが、急いでセント・ヒールを使えば治るはずです。

精神を集中させて、治癒魔法を……。

「ちっ、身体に傷がついてしまったか。まぁいい、お前にはもっといい身体を用意しているんだ。

そのフィアナの魂に相応《ふさわ》しい身体をな。少し寝てもらうぞ」

アスモデウスの冷たい言葉と共に、首に鋭い痛みが走りました。

意識が、遠のいて、しまいます――。

◇（ミア視点へ）

すごい爆風によって吹き飛ばされてしまった私はどうやら気を失っていたらしい。

気付いたとき、フィリア姉さんはアスモデウスとかいう悪魔の腕の中にいた。なぜかアスモデウスの右腕は無くなっていたけど。

あの悪魔、姉さんに何をしたのよ。フィリア姉さんが気絶しているなんて……。

聖女として完璧で、魔物はもちろん悪魔にだって負けないって信じていた姉さんが倒れている光景は受け入れられなかった。

「お義母様！　フィリア姉さんは何であんなことに!?」

「ミア、無事でしたか。この状況は――」

「あたしがヘマをしたからよ。まさか護衛対象に守られるなんてね。一生の不覚だわ」

ヒルダお義母様が事情を説明しようとすると、ダルバート王国から派遣されてきたというフィリア姉さんの護衛のエルザさんが自分のせいだと口にした。

自嘲するその口元とワナワナと震わせているその拳。彼女が屈辱を堪《こら》えていることがよく分かる。

「とにかくフィリア姉さんを助けないと」

「不用意に攻撃してはなりません。フィリアは脇腹を負傷しています。これ以上傷付くことがあれば、死に至る可能性すらあるのです」

私が魔力を高めてアスモデウスを攻撃しようとすると、お義母様はそれを手で制する。

何で止めるのよ！　フィリア姉さんが怪我していることは分かっているわ！

だからこそ、焦っているんじゃない！

だって、あいつの目的はフィリア姉さんで、それも達成してしまっているのよ！　このまま放置していると絶対に手遅れになる。

「指を咥《くわ》えて見ているなんて、出来るはずないじゃない！」

「なんだ、ミア。死んでいなかったのか。まぁいいや、僕はもう帰る。邪魔しないでくれ」

フィリア姉さんを助けるために手のひらをあいつの腕に向けてシルバー・ジャッジメントを放とうとしたが、その瞬間に黒い矢が無数に飛んできて、砂埃《すなぼこり》が舞い上がり私の視界から姉さんの姿が消える。

「なんて卑怯《ひきょう》なの！　このままじゃ姉さんが！」

どうしよう、アスモデウスの姿が見えない！

今度は私がフィリア姉さんを守るって決めたのに、このままじゃ姉さんがあんな奴《やつ》に……。

「じゃあ、ご機嫌よう」

「フィリア殿――――っ!!　うおおおおおおおおっ!!」

「――っ!?　なっ!?」

そのときだ。遥か後ろから姉さんを呼ぶ声がして、物凄い勢いで槍がアスモデウスのもう片方の腕を貫いたのは。

その衝撃で姉さんは空中に放り出される。

「よっと！　すごいな、フィリア殿の作ってくれた槍は。きちんと悪魔とやらの腕を貫いたぞ」

馬に乗って駆けてきたオスヴァルト殿下が落ちてくるフィリア姉さんをしっかりと抱き止めた。

嘘《うそ》っ!?　信じられない。私の魔法でもびくともしなかったあいつの身体を貫くなんて。

フィリア姉さん、悪魔退治に特化した武器を作ったって言っていたけど、こんなに凄かったの？

オスヴァルト殿下のあの眼鏡も姉さんが作った低級悪魔を視覚出来るモノだっけ。

とにかく良かった。オスヴァルト殿下のおかげで姉さんは助かったわ。

やっぱり、姉さんのことを任せられる頼りになる男性って殿下しかいないかもしれない。

これでアスモデウスの両手は使えなくなった。

それでも、魔法が使えるのは厄介だけど、みんなの力を集めればあんな奴に負けるものか！

「いつまでも僕が再生能力を失ったままだと思うなよ！」

「――っ!?　う、腕が生えただと!?　そういえば、フィリア殿がそんなことを言っていたな。首を刎《は》ねられても平気とか」

両手を即座に再生させたアスモデウス。見た目がユリウスだから油断してしまいそうになるけど、既に人間とは全然違う身体になっているのね。

フィリア姉さんを奪い返されることがないようにしなきゃ。って、影がなんで実体化して伸びるのよ!?

「嘘だろっ!?　なんだこれはっ!?」

オスヴァルト殿下も青い顔をしながら馬を走らせてアスモデウスの影から逃げようとしたんだけど。

「返してもらうぞ。パルナコルタの王子よ！」

「ぐはっ!?」

アスモデウスの影はオスヴァルト殿下を殴り落馬させて、フィリア姉さんを手放した瞬間を見逃さなかった。

素早く姉さんを捕まえたアスモデウスは地面に激突して倒れてしまったオスヴァルト殿下を尻目にこの場から消えてしまう。見覚えのある大きな扉の中へ……。

「マモン！　早くあの男を追うわよ！」

「アスモデウスの旦那！　逃さねぇよ！　姐さん、乗りな！」

再び白い虎となって、駆けつけたマモンという悪魔。彼の目が紫色に輝くとアスモデウスの入っていったのと同じ扉が出現した。あの先にまさかフィリア姉さんが……？

止める間もなく、エルザさんはマモンの背中に乗って一緒にその中に入って行く。そしてすぐに扉も煙のように消えてしまう。

ちょっと、どこに行ったのよ。私もそこに連れていきなさい。

いいえ、ちょっと待って。フィリア姉さんがこの国からいなくなったってことは――。

「「「ウオオオオオオンッ!!」」」

あちこちから魔物の咆哮《ほうこう》が聞こえる。

やっぱり、フィリア姉さんが張った大破邪魔法陣の効果が完全になくなってしまっていた。

せっかく姉さんがこの大陸を……、私を助けるために見つけてくれた最強の破邪魔法が、全部無に帰するなんて……。

悪魔たちに加えて、魔物が次々とこの場に現れる。

私は思い出していた。魔物たちの群れを前にして死を覚悟した、あの日のことを。

「最悪のシナリオだよ。私たちがもっと強ければ」

きっと大陸中でパニックが起こっているに違いないわ。

通常ですら対処は難しいのに、各国の聖女は今日の会議に出るため、国を空けてここにいるのだから。一刻も早くフィリア姉さんを救出して、もう一度結界を張らなければ。

とにかく何とかしなきゃ。魔物の数は数えるのが嫌になるくらいだけど。

「エミリーお姉様、フィリア様の気配を辿《たど》ってここに来てみれば」

「嫌な状況になっているみたいですわね。なるほど、ジルトニアの窮地とはこのような事態でしたの。狐の悪魔に手間取っている場合ではなかったみたいですわね」

グレイスやエミリーさんといったボルメルンの聖女たちもフィリア姉さんの魔力を感知してこっちに向かってきていたみたいだ。随分と時間がかかっていたのは、あの狐のようなアスモデウスの配下と戦っていたかららしい。

来てくれたのはありがたいけど、彼女らの助けを借りたって……。ううん、集まっている聖女たちの力を合わせてもこの魔物の数はどうにもならないわ。

彼女たちもそう思っているのだろう。顔色が良くない。

「「ギャオオオオオオオオオッ！」」

ワーウルフやエビルタイガーといった無数の魔物たちが一斉に私たちに向かってくる。

こうなったら、力の限り戦って――。

「メガ・フレイム！　ギガ・ブリザード！」

私はどんなに傷付いても魔物たちを一掃する。

そんな覚悟を持って、戦いに挑もうとしたとき、巨大な炎と寒波が周囲の魔物たちを蹴散らす。

何という魔法のキレとセンス。

こんなに威力の強い魔法を使える人、フィリア姉さん以外にいたんだ。

でも、今の声って明らかに男の人の声だったよね。聖女じゃないってこと？


「「お父様！」」

「マーティラス家の聖女がこの程度で動揺しよって情けない！」

あの人はマーティラス伯爵。

グレイスたちのお父様って、あんなすごい魔法を使えるんだ。そういえば、フィリア姉さんも尊敬してるって言ってたような……。見た目は普通のおじさんって感じなのに。

「エミリー！　今この場で必要なものは一つ。アデナウアーの聖女に出来て、お前に出来ないなんて言わせぬぞ！　追いつくために訓練したのだろう!?」

「えっ？　エミリーお姉様、大破邪魔法陣を使えますの？」

「…………」

エミリーさんはフィリア姉さんをライバル視していて、お義母様も力を認めていた人だけど、まさかこの短期間で〝大破邪魔法陣〟を使えるようになっていたなんて。

あの魔法陣の修得難易度は並じゃない。

なぜなら、大破邪魔法陣を修得するには二つの段階をクリアしなくてはならないからだ。

第一段階目は大破邪魔法陣を、マナによって増幅させた魔力を利用して発動すること。時間がかかればかかるほど、魔力を消費するので出来るだけ早く発動することが望ましい。

第二段階目は効果範囲を広げる拡大という作業。これが物凄く繊細な魔力コントロールを必要とする。

私も訓練で発動は出来るようになったけど、それを拡大させることが魔力コントロールの技量不足でどうしても出来ないままだ。

「使うこと自体は出来ますわ。しかし、今のわたくしでは発動までに時間がかかりすぎますの。大陸全土に安定して拡大するには魔力もかなり残さなくてはなりませんから。発動に時間をかけた分だけ多くの魔力が持っていかれるので、結果的に魔力が足りずに失敗してしまうと思われます。フィリアさんに劣ることを認めるのは悔しいですが」

本当に使うことは出来るんだ。発動に時間がかかる弱点はあるけど、拡大まできちんと出来るなんて。

よく考えたら大陸全土を術式で覆うなんて神業、姉さんだから成功したようなものよね。

でも、それなら……。私にも考えがあるわ。

「エミリーさん、今の話は本当ですか？　魔力に余裕がある状態で発動さえしちゃえば、魔法陣の拡大――確かに出来るんですね」

「ミ、ミアさん。あなた何を――」

「いいから、出来るのですか？　どうなのです？」

「ええ、出来ますわ。魔力に余裕があれば、ですが。それが何か？」

フィリア姉さん、姉さんの守ったこの大陸を魔物なんかに好き勝手させないから。

「私が大破邪魔法陣を発動させます。エミリーさんは私が発動させた魔法陣の拡大をお願いします。私の力では安定して拡大させられないので」

「なるほど、わたくしとあなたで二重術式《ユニゾン》の大破邪魔法陣に挑戦するのですね。面白い発想ですわ」

二重術式《ユニゾン》――二人で魔力を共有して一つの術式を使う技術のこと。

元々魔力の弱い魔術師同士が強力な術式を使用するために編み出されたこの技術で、エミリーさんと力を合わせて大陸全土を覆い尽くす巨大な魔法陣を作ろうと提案した。

二重術式《ユニゾン》は二人がその術式について完璧に理解していれば、成功する確率は高い。

大陸全土に大破邪魔法陣を広げるには、私とエミリーさんの魔力を合算すれば十分のはず。

エミリーさんと私が互いの弱点を補い合えば不可能が可能になるという希望があるのだ。

「あなたが術式を発動させるとして、発動までの時間はどれくらいですの？」

「五秒ってところです。術式の発動スピードだけは誰にも負けない自信があります」

「……承知しましたわ。それでは、わたくしの魔力と波長を合わせなさい。時は一刻を争いますの」

ネックレスにエミリーさんたちの魔力を集約させ、それを自らの力として取り込む。そして、大破邪魔法陣を発動させる。

フィリア姉さん、どうか無事でいて。私は絶対に成功させるから。

「それでは、いきます！」

私は大破邪魔法陣を発動させた。大地が黄金に輝き、発動に成功したことをそれが証明する。

とはいえ、魔法陣の半径は十メートル程度。安定して展開出来ない私の限界だ。

あとは頼んだわよ。姉さんのライバルなんでしょ？

「きっちり五秒、お見事ですわ。それでは、ここから先はわたくしが責任を持って大陸全土を覆ってみせましょう！」

「エミリーお姉様！　口だけじゃないというところをお見せくださいな！」

「おーほっほっほっ！　もちろんですわ！　マーティラス家の聖女の実力を大陸全土にアピールして差し上げます！」

何か凄い人よね。こうやって高飛車な態度取ってるから素直に尊敬出来ないんだけど、本当にグーンと大破邪魔法陣が広がっているし。

とにかく、大破邪魔法陣が消えてしまって最悪な状況になったけど、エミリーさんのおかげですぐに現状復帰出来たわ。

大破邪魔法陣は悪魔には効果がないけど暴れていた魔物たちは次々と倒れて無力化される。

あとはあの、鬱陶しい悪魔たちを全滅させれば！

「くっ、フィリア殿が俺のせいで！　うおおおおおおっ！」

倒れていたオスヴァルト殿下も立ち上がり、眼鏡の力で低級悪魔たちを認識して槍を振るって粉々にする。

オスヴァルト殿下のせいじゃない。姉さんを守れなかったのは、私の方だ。

近くにいたのに、大事なときに気絶して。情けないよ。何のための修行だったのよ！

「シルバー・ジャッジメント！」

「むっ！　やりますわね！」

「ミアさんには負けませんの！」

私やオスヴァルト殿下、それにグレイスやエミリーさんたちも悪魔の討伐に加わったおかげで、そんなに時間はかからなかった。

最悪は避けられたんだと思う。

でも、フィリア姉さんがどこかに連れ去られて、どこに行ったのか手がかりもない状況っていうのは。私たちに絶望を与えるのに十分だった。

「フィリアの居所ですが、退魔師の方ならご存じでしょうね」

「ええ、あの感じは心当たりがありそうでした。まったく、ヒントくらい残して行きなさいよ！」

あのエルザさんって人の口ぶり、アスモデウスって悪魔の根城を知っているって感じだったわ。

退魔師は悪魔退治の専門家だから……、きっと連中のことにも詳しいはず。

だからこそあの人たちが行ってしまった今、ノーヒントも良いところ。

「そうではありません。あの方も退魔師なのでしょう？　何か知っているのではありませんか？」

「いててて。あれ？　エルザ先輩がいない!?　フィリアさんも!?　まさか、アスモデウスのところに!?」

あっ、退魔師がいた。

ええーっと、あの人、なんて名前だったっけ？　さっきまで覚えていたんだけどなー。

「ヌラウス様！　フィリアさん、連れ去られてしまいましたわ！　どこにいるのかご存じなのでしょう!?」

「クラウスです！　ヌラウスって何か嫌です！　フィリアさんの居場所ですか？　知っていると言えば知っていますが」

「ほ、本当か!?　おいっ！　教えてくれ！　フィリア殿は何処《どこ》にいるんだ!?」

「フィリア様～～！　狐男に気を取られている間に誘拐されてしまわれるなんてリーナはメイド失

格です～～！」

「フィリア様の居所を教えないと、殺す……！」

「ヒマリ、脅かすのは良くないですぞ。ですが、我々も主《あるじ》の身を案じるあまり、いつまでも紳士的ではいられませぬ」

「フィリア様――っ！　このフィリップ一生の不覚でございます――っ！」

……あのクラウスさんって人、影薄いなぁ。いや、フィリア姉さんの周りの人が濃いのか。

そんなみんなから質問攻めにあって、すごく困った顔をしているクラウスさん。

答えたいけど質問の勢いがありすぎて答えられないといった感じね。


「えぇーっとですね。アスモデウスの本体は地上と魔界の間にある狭間の世界にいるのです。そもそもアスモデウスがこちらでユリウス氏の身体に憑依したのは、本体は四百年前にフィアナ様に封印されていて地上に来ることが出来ないからでして、魔界の接近と共に魂だけをこちらに移動するのが精一杯だったからです」

なんとか質問攻めを落ち着かせたクラウスさんは説明してくれたけど……。

地上と魔界の狭間の世界？

何よ、それ。魔界ってものがそもそもイメージ出来ないのに、その狭間の世界ってますます意味が分からないわ。

大陸のどこか、とか。海を越えた他の大陸……、とかなら何とかイメージ出来るし、そこに行く方法を考えようってなるけど。

「アスモデウスはフィリアさんを手に入れて本体のもとに向かったはずです。フィリアさんの魂を使って初代大聖女フィアナ様を復活させるために。そして、彼女の力を利用して自身も完全復活しようと目論《もくろ》んでいるのでしょう」

なるほど。自分を封印した相手を生き返らせて、封印を解かせようって算段なのね。

愛がどうとか言っていたけど、結局自分のためじゃない。

「で、クラウス殿は狭間の世界に行く方法を知っているんだよな!?」

「ええ、もちろん。退魔師が使い魔を引き連れているのは、悪魔が狭間の世界への空間移動能力を持っているからです。僕の使い魔であるサタナキアも、狭間の世界へのゲートを開くことが出来ます」

あー、良かった。

クラウスさんがフィリア姉さんの居所を知っている上に、行き方まで知っているんじゃない。

これなら話が早い！　俺がフィリア殿を助ける！　俺をアスモデウスのもとに連れて行ってくれ！」

「殿下、ここは私にお任せあれ！　フィリア殿はこの騎士団長フィリップが必ずや連れて帰りますゆえ！」

「主君を助けるのは家臣として当然のこと。私も行きましょう」

「フィリア様はこの国にいなくてはならない方ですから～。私もお助けします～」

「ということです。我々も連れて行ってもらいますぞ」

私も行きたいところだけど、今この場を離れるとせっかくの大破邪魔法陣が消えてしまいそうだし。みんなを信じて待つしかないか。

「えぇーっ!?　狭間の世界は悪魔たちの本拠地でとても危険な場所なんですよ！　エルザ先輩とマモンを信じて待つべきです！」

いやいや、そんなの待っていられないわよ。

私だって行けるものなら行きたいもん。何があっても。

エルザさんとマモンとかいう悪魔は強いんだろうけど、それでも最善は尽くしたいと思うのが人情でしょう。

「一刻も早くフィリア殿の安否が確認出来ないと、俺は不安なんだよ！　ここで待っているなんてあり得ない！」

『今の声はオスヴァルト殿下ですか？　フィリアです。聞こえますか？』

「わ、わ、私のブレスレットからフィリア様の声が～～」

「「「──っ!?」」」

えっ!?　リーナさんのブレスレットから突然フィリア姉さんの声が!?

私たちは思いもよらない展開にびっくりして声が出なかった──。

第三章 アスモデウスの世界 chapter Three

◇（フィリア視点へ）

まさかこうも簡単に捕まってしまうとは。

この肌に感じる異質な空気、そしてマナの量、明らかに地上とは違います。

以前、エルザさんに聞いた狭間《はざま》の世界とやらに連れて来られたのだと推測するのが妥当でしょうか。

幸いなことにアスモデウスは私が目を覚ましたことに気付いていません。空を飛びながら何処《どこ》かを目指しているみたいです。

不用意に私に触れていることは幸運でした。

この方は一度、不覚を取っているにもかかわらずあまりにも無警戒です。

大きすぎる力ゆえに油断していても、負けることがなかったからでしょう。

「うがああああああああああああッ!!」

先程、手を握ったときと同様にアスモデウスは悶《もだ》え苦しみ、私の身体《からだ》を手放します。

そう、再び私はアスモデウスの左腕から体内に自分の魔力を流し込みました。

二度も同じ手を、こんな短期間に受けてしまうのは迂闊《うかつ》としか言えませんが、そのおかげで彼の

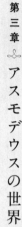

腕から逃れることができたので良しとしましょう。とにかく私は空中から地面へと落下します。

上手《うま》く受け身を取らなくてはかなり痛みを伴いますから気を付けませんと。


「まったく、あのアスモデウスに捕まってどうやったら自力で逃げられるのよ」

「さっすが、フィリアちゃん。僕ァ、惚《ほ》れ直したぜ」

落下を開始して一秒にも満たない内に、再び白い猫へと姿を変えたマモンさんの背中に乗ったエルザさんが現れて、私を受け止めてくれます。そして私を彼の背中に乗せました。

マモンさんなら狭間の世界への道を開くことが可能だと聞いていましたが、こんなに良いタイミングで来てくれるとは思いませんでした。

「ありがとうございます。助かりました」

「お礼が言いたいのはこっちよ。でも、それはまた後で」

「フィリア姐《ねえ》さんも傷付いているし、まずはアスモデウスの旦那から距離を取らないとな」

アスモデウスは苦悶《くもん》の表情を浮かべていますが、こちらをはっきりと認識しています。一度、同じことを経験したからなのか、自分の左腕を即座に切り落としてダメージを最小限にしたみたいです。

私も負傷していますし、彼と争うのは良い作戦とは言えないでしょう。それならば……。

「おのれ！　退魔師め！　僕の愛する人を返せ！　邪魔をするなァ！」

「エルザさん、マモンさん、目を閉じてください……。フラッシュボールッ！」

「なっ――!?　目がッ!?　目が――――っ!!」

強い光を発する球体を私はアスモデウスに向かって投げつけました。

太陽光の何倍もの明るさを放つ、この球体は直視すると通常の人間なら失明する可能性すらあります。

聖女のお務めではあまり役に立たない魔法なのですが、逃亡しようとしている今は大いに役立ってくれました。


「セント・ヒール」

マモンさんに運ばれながら、地面に降りた私は脇腹の治療をします。

普段から怪我《けが》に強くなるように血管を鍛えていましたから、出血も少なくて済んでおり、治療はすぐに終わりました。

「器用だなー。聖女っていうのは」

「この人が特別なのよ。なんせ、四百年ぶりに現れた大聖女なんだから」

「たしかに。フィアナはなんていうか、圧倒的パワーはあったけど、フィリアちゃんみたいに器用って感じじゃあなかったなー」

怪我も治り、岩陰に身を潜めることに成功した私たち。

それにしても、この空間はあまりにも殺風景過ぎます。

生命の鼓動は感じられず、空を見上げても永遠に白が広がるのみで、岩も地面も真っ白で色というものが失われたのかと錯覚するほどでした。

ただ、マナだけは色濃く感じることが出来ます。それこそ地上よりも。これは体内に魔力が流れている悪魔たちが生息するのに適した環境ということでしょうか。

「大聖女さん、この狭間の世界に興味を持ってもらったところ、悪いんだけど。そろそろ戻るわよ」

「すみません。助けに来て頂いて。一人でここに取り残されたら途方に暮れていたところです」

実際、エルザさんたちが来てくれなかったらと想像するとゾッとします。

この環境は修行時代に体験したどの場所よりも過酷に見えましたし、帰る術《すべ》が想像出来ません。

「あたしはあなたの護衛だし。それに、あなたはあたしを助けて傷付いたスキを突かれたのよ。さっきも言ったけどお礼を言いたいのはこっち。……ありがとう」

何やら恥ずかしそうな顔をしながらエルザさんはお礼の言葉を述べました。

「いえ、聖女は手の届く範囲の全てを救うことが仕事ですから。お気になさらずに」

目の前の人が傷付きそうなのを無我夢中で助けただけですし、その後不覚を取ったのは鍛錬不足だっただけですから、エルザさんが気にすることはないのですが……。

「うおっ！　エルザの姐さんが素直にお礼を言ってらぁ！　こりゃあ狭間の世界でも雪が降るんじゃないですかい!?」

「うるさいわね！　早く、地上へのゲートを開きなさい！」

「へいへい、わかってますって。今すぐにゲートを――」

マモンさんがエルザさんを挑発して、彼女が怒ったような声を出すと彼は手を天にかざして、魔力を集中させました。

バチバチと魔力の波動が肌を刺激します。アスモデウスには及びませんが、マモンさんも相当大きな魔力を有していますね。

彼の目が紫色に光ると見覚えのある禍々《まがまが》しい装飾の大きな扉が出現しました。これが地上と狭間の世界を繋《つな》ぐ道への入口ということですか。

「……変だな。地上へのゲートが開かないぞ」

いくら待てども扉は一向に開きません。そして最終的には消滅してしまった様子を見て、マモンさんはそんなことを呟《つぶや》きました。

どうやら地上に繋がる道を作ることに失敗したみたいです。

これはどういうことなのでしょうか。

「まさか、アスモデウスのやつ。地上への扉を魔力で封鎖したんじゃ……」

「ちっ！　手が早い旦那だ！　そんなに惚れた女に逃げられるのが嫌かねぇ！」

「つまり、私たちはこの狭間の世界に取り残された、ということですか？」

「助けに来ておいて、悪いわね。そういうことよ」

エルザさんは私の言葉を頷《うなず》きながら肯定しました。

どうやら、上手くアスモデウスから逃げ出せたと思いましたが、簡単には帰らせてもらえないみたいです。

困りましたね。地上の皆さんも心配しているでしょうし、どうにか安否だけは伝えたいものですが。

「やっぱり駄目だ。こんな小さい扉しか開かねぇ。これじゃあ、低級悪魔くらいしか通れないじゃないか」

マモンさんは首を振りながら、小さな扉を開いてみせました。

確かに小窓くらいの大きさの扉に私たちが入るのは難しそうです。

「これを使ってみましょうか。まだ試作品で上手く使えるか分かりませんが……」

「なにそれ？　ブレスレット？」

私は自らの腕に付けているブレスレットを指先で撫《な》でました。

これは聖女のお務めの際に離れていてもリーナさんたちと連絡が取れるようにと作ってみたアクセサリーです。

ブレスレットから放たれる魔力をリーナさんに先日プレゼントしたブレスレットがキャッチして、会話を可能とする仕組みなのですが……。

ここのところ色々あり過ぎて実験すら怠っており、リーナさんに仕組みも教えられていません。

あのときは私がオシャレとやらに目覚めたと、あまりにも感激されていて話しにくかったんですよね。

問題は狭間の世界から地上へと魔力の波動が届くかどうかですが、この小さな扉が地上へと繋がっているのなら試す価値はあります。

私はブレスレットに魔力を込めて、リーナさんのブレスレットと交信を図りました。

『一刻も早くフィリア殿の安否が確認出来ないと、俺は不安なんだよ！　ここで待っているなんてあり得ない！』

「今の声はオスヴァルト殿下ですか？　フィリアです。聞こえますか？」

『わ、わ、私のブレスレットからフィリア様の声が～～』

どうやら通信は成功したみたいですね。理屈では成功すると思っていましたので期待はしていましたが……。

まずは状況を説明しましょう。皆さん、驚いていますから。

『そ、それで、話が出来ることは分かったけど、姉さんは無事なの？　怪我していたよね？』

私のブレスレットとリーナさんのブレスレットを介して、地上にいる方々と会話が出来ることを説明しますと、ミアがまず私の身体のことを心配してくれました。

「大丈夫ですよ。皆さん、心配をおかけして申し訳ありませんでした」

怪我は既に治っていますし、体調自体は良好です。

ミアだけでなく、皆さんも心配そうな声を出していましたので、そちらにも自らの無事を伝えました。

『フィリア殿、無事でなによりだ。こっちには戻って来れるんだよな？　危うく、俺たちでそっちに迎えに行くところだったよ。入れ違いにならなくて良かった』

「オスヴァルト殿下……。それがそのう。どうやら、この狭間の世界とやらに閉じ込められたみたいでして」

『な、なんだって!? そ、それはどういうことだ!? だって、エルザ殿の仲間の悪魔がこっちに戻る道を開けるって！ クラウス殿はそう言っていたぞ！』

オスヴァルト殿下に戻れなくなったことを伝えると彼は驚いた声を上げました。

どうやらクラウスさんから大体のことは聞いているみたいです。

私も不安でないわけではないのですが、こうやってオスヴァルト殿下の声が聞こえただけで、ほっとしてしまいました。なんでしょう、この感じは……。

以前にも感じたことがある不思議な感じです。

「クラウスの言ったことは本当よ。今の状況を簡単に説明するわね――」

エルザさんは狭間の世界から地上への道がアスモデウスの魔力によって阻まれたと説明しました。

私のことを狙っているアスモデウスが私を逃さないようにするために、この空間ごと閉じ込めようとしていると。

『ですが、エルザ先輩。先程、アスモデウスの配下の中級悪魔たちが通れるくらいの大きな扉を開いて撤退していました。多分、地上から狭間の世界へはまだ移動可能だと思います』

「じゃあ、あんたはこっちに来なさい。生きて帰ることが出来るか分からないから遺書くらいは書いてきてもいいわよ」

『そんな、冗談きついですよー！』

クラウスさんは地上からこちらに向かうことは可能だと伝えました。どうやら、あの狐《きつね》のような悪魔が通ることが可能なくらいの大きな扉を開いていたみたいなのです。

配下の悪魔たちの帰り道はそのまま残したということでしょうか……。

『エルザ殿、どうにかこっちに戻る方法はないのか？』

オスヴァルト殿下はトーンを落として、地上に私たちが戻る術はないのかと尋ねます。

その方法は一つしか思い浮かびません。それを実現するのは厳しいですが。

「アスモデウスを倒すしかないわね。想像はしていたでしょう？」

そう。エルザさんの言う通り、それしかないでしょう。

アスモデウスが帰り道を塞いでいるのなら、彼に頼んでその道を開けてもらうか、それが無理なら塞げない状態にしてしまうか。

しかし、アスモデウスに話が通じるかどうかは考えるべくもないでしょう。というわけで私たちは彼を倒すことで後者の状況を作り出すしかないわけです。

彼に私たちの理屈は受け付けないでしょうから。

『ちょっと、そんなの無理に決まっているでしょう!?　いくらフィリア姉さんでも、あんな化物どうにか出来るはずがないわ！』

『そうですわ。フィリア様にもしものことがあったら、わたくしは――』

ミアとグレイスさんはアスモデウスを倒すことは無理だと言いました。

王宮を瞬く間に半壊させてしまうほどの力を持ち、その力すら全力ではない。

私たちよりも悪魔との戦い方を心得ているエルザさんたちも彼にあしらわれてしまっていました。

現実問題、難しいのは間違いないでしょう。

それでも、私は――。

「勝算はゼロではありません。エルザさんたちと何とかしてみます。私も帰りたいですから。パルナコルタ王国に」

『フィリア姉さん……』

パルナコルタ王国の聖女だからという義務感もありますが、私は好きなのです。待ってくれる方がいる居場所が。

だから何としてでも帰りたい。どんなに難しいことが要求されたとしても……。


『フィリア、聞こえますか？』

「はい、師匠。聞こえています」

師匠、ヒルデガルトは私の実の母親である。

アスモデウスによって、告げられた真実を私はまだ上手く受け入れられていません。

師匠には師匠の事情があったのだと思います。ミアを自らの養子にしたことも含めて。

ですが、私は率直な感想としては。

「師匠、質問したいことは沢山あります。でも、私は真実を知って嬉《うれ》しいと素直に思っています」

『そう……、あなたは強い子になりましたね。信じていますよ。フィリア、あなたはこのくらいの試練は乗り越えて帰ってくることが出来る子だと。……なんせ、私が鍛えたのですから』

「師匠の教えは私の宝物です。決して無駄にはしません」

私は師匠から沢山のものを貰《もら》いました。

どんな時も自分で何とかする力を手に入れることが出来たのは師匠の厳しい特訓があったからです。

その甲斐《かい》あって大事な人たちを守ることが出来るようになったのですから、私は幸福です。

『フィリア殿！』

「オスヴァルト殿下？」

さらにオスヴァルト殿下の声が再び聞こえました。

何やら思いつめているような声の感じです。

『絶対に、絶対に！　フィリア殿のもとに助けに行く！　今朝の約束、覚えているだろ？　俺は絶対にその約束を守りたいんだ！　だから――』

オスヴァルト殿下の声がそこまで届いたところで、ブレスレットの石の輝きが消えてしまいました。

どうやらリーナさんのブレスレットに込めた魔力が切れて交信出来なくなったみたいです。

オスヴァルト殿下は助けに来られると仰《おっしゃ》っていましたが、それはあまりにも危険すぎます。

王子である彼まで帰ることが出来なくなってしまう可能性を考えると、パルナコルタの損失は計りしれません。

「オスヴァルト殿下って、変わった人ね。王族っていうのは安全な場所でふんぞり返って指示だけ出しているものかと思っていたわ」

「殿下はそういう方なのです。どこまでも清々《すがすが》しく、真《ま》っ直《す》ぐで。でも、だからこそ、私はオスヴァルト殿下に傷付いて欲しくないと思ってしまいます」

思えば、あの時も危険を顧みずに私をジルトニアまで運んで頂きました。

ミアを救いたいという私の我儘《わがまま》を真っ直ぐに受け入れて、迷いなく突き進んでくれたのです。

ですが、今回はあの時よりも断然危険度が増します。

何しろ相手は四百年前に私たちの世界を滅ぼしかけた存在なのですから。

「心配しなくても大丈夫よ。クラウスが止めるから。普通の人間、ましてや一国の王子を巻き込むような馬鹿な真似《まね》はしないわ」

エルザさんは私にそう声をかけて、岩山の陰から慎重に顔を出して周囲の安全を確かめました。

どうやら、近くには誰もいないみたいです。

「アスモデウスの規格外の強さはもうわかったと思うから結論から言うけど、勝つためには奇襲しかないでしょうね」

「旦那の油断したスキを狙って一気に心臓を貫く。フィリアちゃんの魔力を注入するあれを、何とか急所に直接当てられたら話は早いんだけどなぁ」

「既に二回も手の内を晒《さら》しましたから。さすがに彼も警戒すると思います。ですが、私もそれしか方法はないと考えています」

私たちの中での結論はアスモデウスを倒すには奇襲しかないということです。

魔力を注入すると一時的に再生機能を失い、動きを封じられることは証明出来ました。

しかも腕や手のひらという急所から程遠い場所でもそれなりの効果は認められています。

ならば、心臓付近に直接魔力を注入することが出来れば、勝機がないわけではないのです。

そんなことを話しつつ、私たちは全てが白で覆われた狭間の世界を探索しました。

エルザさんとマモンさんはどうやらアスモデウスの居場所にアテがあるみたいで、迷いなく進んでいます。

そして、歩き始めて三十分ほどでしょうか。

「あの黒いお城のような建物がもしやアスモデウスの居住地ですか？　魔力を持った人間の気配もします。しかも、一人や二人ではありません」

私は目の前の丘の上に大きな城のような建物を見つけました。

建物全体が塗り潰されたような黒色で、なんとも不気味な雰囲気が漂っています。

「あれは〝常闇の魔城〟という、アスモデウスの旦那の根城だ。どうやら、旦那は捕らえてきた人間たちをあの城に閉じ込めているみたいだなぁ」

なんと、神隠し事件で捕まった方々もあの城の中にいるのですか。

それは、早く助け出さねば……。

「エルザさん、マモンさん、捕まってしまった皆さんを助けに行きましょう」

「ええ、わかってるけど作戦は？　って、そんなことを言っている悠長な時間はないわね」

「あのアスモデウスの旦那がまた人質とかセコいこと言い出しかねないもんなぁ」

私たちはアスモデウスの根城である〝常闇の魔城〟へと向かいました。

◆

そこは、この異質な世界の中でもさらに異様な空気が漂う場所でした。

その様子に圧倒されてしまう自分もいましたが、事件の被害者たちが閉じ込められていることを思い出し、迷わずその中に潜入しました。

意外なことに城門とおぼしき場所には鍵がかけられておらず、中には入ることは容易だったのですが……。

「罠《わな》の気配もないとは妙ですね」

「フィリアちゃん、悪魔っていうのはそもそも防犯って概念がないのさ。城はずっとオープンだし、見張りや罠なんてもんを配置するなんざ弱者のすることだって、笑っているような連中だ。地上からこっちへの道をそのままにしているのも、増援がいくら来ても返り討ちにする自信が旦那にはあるからなのさ」

再び人間の姿に戻ったマモンさんは悪魔の性格について言及します。

そういうものなのですね。悪魔という種族の考え方というのは私たち人間の常識とはかけ離れているようです。

「おっと、何か置いてあるぞ。ずっと昔に来たときはこんなモンなかったんだがなぁ」

「これは……、人形かしら？」

通路には多数の人形がずらりと並べられておりました。

全てが銀髪で白いローブを着せられた人形です。

「この人形にはナンバー163、その隣の人形はナンバー164……」

よく見ると人形一つ一つにナンバリングされています。この数字は一体、何を表しているのでしょう。

それに何の目的でこんなに沢山の人形を……。

「なーんか、この人形ってフィリアちゃん、いやフィアナに似てる気がするなぁ」

「そういえば大聖女さんと雰囲気がそっくりね……」

「そうですか？」

マモンさんは人形を私やフィアナ様に似ていると口にして、エルザさんもその言葉に頷きます。

自分の容姿を客観的に見ることが出来ませんので、似ているかどうか判別しかねますが、フィアナ様と似ているということは、一つの仮定が頭に思い浮かびました。

「もしや、アスモデウスの言うフィアナ様を復活させるというのは、人形に魂を植え付けることなのではないでしょうか？　そういう術式が古代にはあったと聞きます」

「――っ!?　なるほど、フィアナの肉体は火葬したと言われているから、どうやって身体を手に入れたのか謎だったのよね。本物と瓜二《うりふた》つの人形に彼女の生まれ変わりである大聖女さんの魂を入れれば」

「それが本人になるって理屈かぁ！　ははははは、さすが旦那だ！　やることが暗すぎる！　まさか、人形遊びの延長で想い人《おもびと》を復活させるって！　嫌だねぇ、モテない野郎の考えそうなことってのは！」

私はアスモデウスがこの人形を使ってフィアナを復活させようと目論《もくろ》んでいると推測しました。

古代魔術には不老不死を目指した術も多数ありまして、その中に人魂《ひとだま》を人形の中に入れることで永遠に近い寿命を手に入れる術があります。

しかし魂を入れるには大量の魔力が必要なので成功させることが出来る術者はほとんどおらず、万が一成功してもそのショックで自我をなくしてしまう者が多く出たとのことです。

とはいえ、それは私たち人間の話です。規格外の魔力をもつアスモデウスならそれを可能にしてもおかしくはないでしょう。

「シンニュウシャ、ハッケン！」

「「――っ!?」」

アスモデウスの作ったであろう人形を観察していると、いきなり目の前に黒光りする鉱石で出来た巨大な人形が現れました。体長は五メートルくらいでしょうか。

言葉を発していますね……。これは一体何なんでしょう？　普通の生き物とは明らかに違います。

「まずい！　ありゃあ、石の巨人《ゴーレム》という、旦那が作った生きた人形だ。四百年前に旦那が地上に侵攻したときに見たことがある」

焦ったような表情でマモンさんは巨大な人形を石の巨人《ゴーレム》と呼称しました。

あれほど大きな人形をまるで生き物のように操ることが出来るなんて……アスモデウスの力は底知れません。

「シンニュウシャ、コロス！」

問答無用という感じで、大きく振り上げられた両拳が振り下ろされた瞬間に、私たちは跳びはねてそれを躱《かわ》します。

床には大きな穴が空いてしまっており、ゴーレムの怪力を物語っていました。

「マモン、悪魔は見張りなんか置かないんじゃなかったかしら」

「いやー、僕ァ魔界を離れて長いからねー。流行が変わったかもしれないなー」

「どうでもいいわ。あれを破壊しなさい！」

悪魔は見張りなど付けないというマモンさんの発言を責めながら、エルザさんは彼にゴーレムを破壊するように命じます。

しかし、悪魔という生き物が本当に防犯意識がないのだとしたら、見張りを置いているこの先は

――。

「ったく、人使いの荒い姐さんだ。……弾《はじ》け飛べ！　漆黒の魔弾《ダークマター》ッ！」

マモンさんの頭上に六芒星《ろくぼうせい》の魔法陣が展開して、そこから放たれたのは圧縮された闇属性の魔力の塊。

それは見事にゴーレムの顔とおぼしき場所に命中して轟音《ごうおん》を鳴り響かせて大爆発しました。

同じくらいの大きさのドラゴンなら、この一撃で絶命するでしょう。

「シンニュウシャ、コロス、コロス、コロス～～！」

「全然効いてないじゃない！　役立たずね！」

「相当硬い上に痛みを感じていないみたいです。倒すことは難しそうですね」

「こりゃあ、逃げた方が良さそうだなあ」

どうやら、普通の生き物とは違う性質らしく、痛みも感じないみたいです。

有効な手段もないため、私たちはゴーレムから逃げることを選択しました。

「ゴーレムが来た方向……、恐らくは何かアスモデウスが大事にしているものがあるのかもしれません」

「なるほど。それはあり得るわね。マモン、もう一発撃ちなさい」

「へいへい。この歳《とし》になったら、鬼ごっこもつまんねーよな。お二人さん、背中に乗りな！」

漆黒の魔弾《ダークマター》で一時的に動きを止めて、私たちは白い猫へと姿を変えたマモンさんの背中に乗ってゴーレムの横をすり抜けて先へと進みました。

鬼ごっこという遊びは聞いたことはありますが、初めてがこんな形になるとは思いもしませんでした。

◇（ミア視点へ）

フィリア姉さんの声がリーナさんのブレスレットを通して聞こえてきたとき、私たちはみんな、姉さんの無事を知ってホッとしたわ。

でも、その後フィリア姉さんから語られたのは地上に戻ることが出来ないという衝撃の事実。

あのバカ王子に憑依《ひょうい》したアスモデウスという悪魔がこっちに戻ってくるのを妨害しているらしい。

だから、オスヴァルト殿下は自らフィリア姉さんを助けに行きたいとクラウスさんに迫っているんだけど。

「頼む！　クラウス殿！　俺をフィリア殿のところに連れて行ってくれ！」

「さっきも申しましたが駄目なものは駄目ですよ。いくら殿下の頼みでもそれだけは聞けません。僕が怒られるんですから」

クラウスさんも頑固なんだから。殿下の気持ちを酌《く》んであげてよ！

オスヴァルト殿下は、フィリア姉さんのこと好きなんだと思う。だからあんなにも必死に訴えているんだろう。

というか、私も大破邪魔法陣のことがなかったら一緒に行きたいし、姉さんのことが心配すぎて落ち着かない。こうしているうちにフィリア姉さんに何かあったらと思うと、胸が締め付けられるよ……！

「悪魔に関しては、本来退魔師の管轄なんです！　王族や聖女であろうとも手を出してもらっては困るんですよ！」

それでもクラウスさんは曲げない。

退魔師こそが悪魔退治の専門家だという自負があるからなんだろうけど、オスヴァルト殿下だってさっきは槍《やり》で腕を貫いて大活躍していたじゃないの。

もっと柔軟に考えてもらえないかしら。

ああ、じれったいわね！　フィリア姉さんの安全を考えたら戦力が多い方が良いに決まっているじゃない！

こうなったら私がクラウスさんに直談判《じかだんぱん》しようかしら……！

「クラウス殿の理屈は分かった。だけど、俺にとって一番大切な人の命がかかっているんだ！　悪いが、そんな理屈を聞いていられないんだよ！」

「……これは最早《もはや》、告白なんじゃ」

「フィリアが聞いていれば、そうかもしれませんね」

オスヴァルト殿下はクラウスさんの胸ぐらを摑《つか》んで、大声でフィリア姉さんを一番大切な人だと主張した。

なんか、気持ちいいくらい真っ直ぐな人だなぁ。

私は変なところで拗《こじ》らせているフィリア姉さんとお似合いだと思っている。私以上に姉さんのことを知っているヒルダお義母様《かあさま》もそう思ってそう。

って、そんなことよりも今はフィリア姉さんを助けることが先決。クラウスさん、お願いだから
オスヴァルト殿下の頼みを聞いてあげて！

「オスヴァルト殿下、放してください。殿下は悪魔の恐ろしさをまるで理解していません」

「……放すもんか！　俺はあんたが連れて行くって言ってくれるまで放さないぞ！」

「はぁ、仕方ありませんね。他国の王子にこんなことはしたくありませんが。……サタナキア、出ろ」

「ヌオオオオオ～～～!!」

「――っ!?　な、なんだぁ！　これは!?」

クラウスさんが指を鳴らすと彼の影の中から全身フードの大男が現れて、オスヴァルト殿下を羽交い締めにした。

顔も黒い狼《おおかみ》みたいで牙も生えているし、明らかに人間じゃない。さっき見た狐の悪魔に似ている。

「サタナキア、ですわ。クラウス様の使い魔です」

「わたくしには到底及びませんが、まぁまぁの強さでしたわよ」

「エミリーお姉様。〝四人がかりで〟という言葉が抜けてますわ」

あー、エルザさんといたマモンみたいな使い魔か。

まぁ、二足歩行する狼なんて明らかに人外の見た目だから騒ぎにならないように普段は影の中に隠していたんだろうけど。

「オスヴァルト殿下、理解出来ましたか？　サタナキアは中級悪魔。最上位の悪魔であるアスモデ

ウスに対して、中級悪魔に手も足も出ないあなたがどうやって戦うのです？」

「それがどうした！　ぐっ！　放せ！」

一刻を争う現状で、このような押し問答をするのは時間の無駄としかいえない。でも、私たちは何故《なぜ》か手が出せないでいる。

オスヴァルト殿下の目が手出し無用だと言っているみたいだったからだ。

クラウスさんの言うとおり、悪魔はとても強いし、アスモデウスはその中でもとんでもない化物だ。

だけど、オスヴァルト殿下は全く引かない。フィリア姉さんを助けに行きたいという主張は絶対に曲げないという強い信念が感じられた。

「話は大体聞きました。オスヴァルト、みっともないですよ。駄々っ子みたいに我儘を言うものではありません」

「「――っ!?」」

「あ、兄上……！」

その時、瓦礫《がれき》の山を乗り越えて、パルナコルタ王国の第一王子であるライハルト殿下がやって来た。

さっき、私たちに挨拶したときはとても知的で紳士的だったから好感が持てたんだよね。話したことはないけれど。

「兄上、俺を止めに来たのか!?　フィリア殿を助けに行くのは王子のすることじゃないって！」

オスヴァルト殿下はライハルト殿下がフィリア姉さんを助けに行くのを止めに来たと思っているみたいだ。

確かに真っ当な考えをするならば王子様が危険な場所に聖女を助けに行くなんて間違っているだろう。いくらオスヴァルト殿下が第二王子だとしても。

でも、私にはオスヴァルト殿下の気持ちが痛いくらい分かる。だって、フィリア姉さんを助けに行きたい気持ちは一緒なんだもの。

「そんなにフィリアさんが大切なのですか？　自分の命と天秤《てんびん》にかけても」

ライハルト殿下は静かにオスヴァルト殿下に問いかけた。

命懸けになったとしても、フィリア姉さんを守りたいのかどうか。

私たちはその答えをジッと見守っている。

「当たり前だ！　俺はフィリア殿を何がなんでも助けに行くぞ！　約束したんだ！　今度、食事に行くってな！　俺は死んでも約束を守る！」

「「…………」」

惜しい！　愛の告白をするのかと思っていた。

まぁ、それはフィリア姉さん本人の前でしてもらえば良いか。

でも、オスヴァルト殿下の覚悟は決まっているみたいね。それなら私も援護射撃――。

「余計なことはやめなさい」

「うっ、お義母様」

私がウズウズしているのを察したのか、肩を摑んで自重するように促すヒルダお義母様。

だって、このままじゃオスヴァルト殿下は姉さんを助けに行けないじゃない。

「クラウスさん。こんな礼儀知らずの愚弟で申し訳ありませんが、弟の好きにさせてやってもらえないでしょうか？」

「あ、兄上？」

ライハルト殿下はきれいに頭を下げた。オスヴァルト殿下の好きにさせて欲しいと。

彼は次期国王といっても過言ではない。そんな立場の人間が自らの弟のためとはいえ、皆の前で頭を下げるって大変なことだよね。

「……あ、頭を上げてください。本当に困りますって。見てください！　サタナキアを！　こんな化物が数多くいるところに弟君を行かせようとか本気ですか？」

でも、クラウスさんはそれをも拒否した。

悪魔は恐ろしいし、オスヴァルト殿下が手も足も出ない様子は説得力に欠けるかもしれないけど、槍さえ持っていれば何とかなると思う。

素手で魔法を使っちゃ駄目なら私だって厳しいし。

「悪魔がどうした!?　うおおおおっ！」

「ヌオッ!?　ヌオオオオオオン!?　ヌオッ！」

気付いたら、オスヴァルト殿下は自力で片腕を振り上げて籠手《こて》でサタナキアの顔を殴っていた。

そして、怯《ひる》んだところを腕を摑んで投げ飛ばしたのである。

あの籠手も赤い鉱石が使ってあるってことはフィリア姉さんの開発した武器みたいね。でも、それだけじゃ投げ飛ばすまでは難しいはず。

つまり、オスヴァルト殿下は体術にも優れているんだろう。

農業が好きだって聞いていたけど、それがあの丈夫さに繋がっているのかも。今度、フェルナンド殿下にも農業を勧めてみようかしら。健康的だって。

「まさかサタナキアを投げ飛ばすとは。いや、でも――」

えっ？　クラウスさん、あれを見てもまだ迷っているの？

ああ、もうダメ！　我慢できないわ！

オスヴァルト殿下のフィリア姉さんを想う気持ちを酌んで、前に出ないようにしていたけど。これ以上、押し問答が続くのは耐えられない！

「クラウスさん、私からもお願いします！　オスヴァルト殿下は強いです！　自分の代わりに姉を助けに行かせてあげてください！」

「み、ミアさんもですか!?」

私も堪《たま》らなくなって、オスヴァルト殿下を行かせてあげてほしいと懇願した。

クラウスさん、ちょっと揺らいでる？　もうひと押しで何とかなりそうね。

「クラウスくん。ぼ、ボクからも頼みます。もしも教皇が怒ったら、ボクが責任を取りますから」

「アリス先輩まで」

クラウスさんと同様にダルバート王国から来た聖女であるアリスさんもまたオスヴァルト殿下の訴えを聞き、彼を連れて行ってほしいと頼んでくれた。そのうえ、責任は自分が取るとまで。

「……仕方ありません。僕の負けですよ。オスヴァルト殿下、力を貸してください。生きて帰ることが出来る保証はありませんが」

「任せてくれ！　行くからには足は絶対に引っ張らない！」

あー、ようやくクラウスさんが折れてくれた。

存在感は薄いのにすっごく頑固なんだから、びっくりしたよ。

なにはともあれ、よかった。オスヴァルト殿下が行けることになって。でも、私やグレイスたちは大破邪魔法陣の関係で狭間の世界には行けないけど、オスヴァルト殿下以外にも姉さんを助けに行きたい人はいるはずだよね。

お義母様とかどうなんだろう？　実の娘だし一番心配していると思うんだけど。

「サタナキアの転移魔法で一度に連れていけるのは僕以外に五人だけです。つまりオスヴァルト殿下の他にあと四人行けますが」

オスヴァルト殿下を連れていくのはすごく拒んでいたのに、もう諦めたのかクラウスさんは他に四人連れていけると言い出した。

ということで、色々と話し合った結果。

まだ、こっちにも悪魔がいるかもしれないため、退魔師でもあるアリスさんは残ることになった。

そして、最後までフィリア姉さんを助けに行きたいと譲らなかったのは次の四人である。

フィリップさん、リーナさん、レオナルドさん、ヒマリさん……。

つまり、フィリア姉さんの護衛をしていた人たちが自分たちの使命だとして絶対に姉さんを救ってみせると譲らなかったのだ。

「お義母様も行きたかったんじゃないですか？」

「私は本当なら引退している人間です。体力的に若い方には及ばないでしょう。それにこの国の、フィリアが守ろうとしている国の方々があんなにも本気であの子を助けようとしているのに、割って入るのは無粋ではありませんか」

そんなことを言ってお義母様は身を引いた。

どうやら、私が気絶している間にフィリア姉さんはヒルダお義母様が本当の母親だと知ったらしい。

姉さんが帰ってきたらいっぱいお話しさせなきゃね。それが親孝行ってもんでしょう。

「オスヴァルト殿下、娘をよろしくお願いします」

「ヒルデガルト殿……。俺に任せてください。フィリア殿は必ず連れて帰ります。この先も一緒に笑うために！」

こんなときなのに。

オスヴァルト殿下は屈託のない笑顔をヒルダお義母様に見せた。

ああ、この笑顔がきっとフィリア姉さんの心の中の氷を溶かしたんだ。

私はもう確信していた。フィリア姉さんとまた会えることを。

◇（フィリア視点へ）

ドタドタと大きな足音に追われながら、私たちは魔城の通路をまっすぐに進みます。

通路はぎっしりと人形が並べられている他には何もない簡素な造りで、物寂しさすら感じました。

「どうやら当たりみたいね」

「アスモデウスの旦那は隠す気があるのか無いのかハッキリしてもらいたいもんだ」

数分間、鬼ごっこを続けて辿《たど》り着いたのは、如何《いか》にも厳重そうな分厚い扉の前でした。黒光りしていて、頑丈そうな造りに見えます。

確かにこれは如何にも大事なものが隠されていそうですね。それに、中から魔力を持っている人間の気配を強く感じます。

もしかしたら、ここに神隠し事件の被害者の方々が捕まっているかもしれません。

本当に大事なものなら普通は目立たない場所に隠しそうな気もしますが、お城の前に見張りを置くなど一切されていないような防犯意識でしたし、そういったものの扱い方も人間とは違うのかもしれません。

「中に入りたいですが、鍵は見当たりませんね。さすがに……」

「マモン、破壊しなさい」

「なーんか、嫌予感するなぁ。まぁ、やってみるけどよぉ。漆黒の魔弾《ダークマター》……！」

マモンさんが魔法陣から黒い塊を扉に放つと、またもや耳を塞ぎたくなる轟音と共に大爆発が生じました。

それでも、扉は傷一つなくきれいなままです。

かなり頑丈な扉みたいですね。私の魔法でも破壊は難しいでしょう。


「やっぱり無理でしたか」

「ちょっと、ちょっと、ちょっとー！　フィアナちゃん！　そりゃあねぇって、最初から期待していなかったのかよ!?」

「はい。申し訳ありませんが効果は芳しくないと予想していました」

「ある意味、フィリアちゃんの言い回しの方がエルザ姐さんよりも心に来るんだけど」

マモンさんには悪いですが、あの扉の見た目から推測するに、ゴーレムに使われている鉱石と同様の物質だと予測出来ました。

つまり、マモンさんの魔法がゴーレムに効かなかったことから、この扉を傷付けるのも無理なのではと考えていたのです。

「どうする？　ゴーレムはもうすぐこっちにやって来るし、鍵を探しに行く？」

「そりゃあ、それしかねぇんじゃないですかー。あっちもこっちもどうにもなりませんって」

迫りくる大きな足音。揺れる通路。

ゴーレムはこちらに間もなく到着するでしょう。

幸いなことに鈍足なので逃げることは容易ですが、時間をかけると騒ぎに気付いたアスモデウスがやってくるかもしれません。

「扉を壊しましょう。その方が早いですし」

「いや、そりゃそうなんだけどさー。フィリアちゃんも僕の魔法でビクともしないのを見てただろ？　それとも何か？　フィリアちゃんはもっと凄《すご》い魔法が使えるのか？」

「それなら、ゴーレムを破壊していたんじゃない？　大聖女さんなら、何が出来ても不思議じゃなくなってきてるけど」

私は鍵を探すよりも扉を壊すことを選択しました。

どこにあるのか分からない鍵を短時間で見つけることは現実的じゃありませんし。

多少のリスクはありますが、この扉をこじ開けた方が早いです。

「皆さんにも協力して頂きたいのですが――」

私はエルザさんとマモンさんにどうやって扉を壊すのか方法を教えました。

危ない橋を渡りますし、絶対に大丈夫だという確信はないのですが、自分の中では八割くらいの確率で成功すると睨《にら》んでいます。

「なるほど、そいつは面白そうだなぁ」

「まぁ、それ以外に方法は思いつかないし」

お二人にも作戦を理解して頂いたので、実行に移すため扉を背にしてゴーレムと対峙《たいじ》しました。

こうして、近くで見るとやはり巨体が威圧的に見えますね。

さて、上手くいけば良いのですが……。

「シンニュウシャ、コロス！」

追いかけてきたゴーレムは拳を振り上げて私たちを殴りつけようとしました。

ここまでは作戦どおりです。単純な命令しか実行されないのは単調な動きを見て分かっていました。

私たちはギリギリまで引きつけて、ゴーレムの拳を躱します。

ゴーレムの拳は扉に直撃し……、マモンさんの魔法ではビクともしなかった分厚い扉が砕けて、室内へ入ることが出来るようになりました。

「成功ですね。ゴーレムは同じ鉱石で出来たボディを持っていましたから、その巨体の質量を利用して扉に思いきりショックを与えれば砕ける可能性は高いと思っていました」

「鬼ごっこも無駄ではなかったということね」

分厚い扉の先には檻《おり》がいくつもあり、その中には魔力を保有する女性たちが捕まっていました。

やはり神隠し事件の被害者が閉じ込められていたみたいです。

報告通り、二十人くらいいますね。

「……？　あの棺桶《かんおけ》は何でしょう？　ただならぬ気配を感じますが」

私は部屋の中央にある棺桶の中から感じられる気配が気になりました。

魔力ではないのですが、胸が締め付けられるような不思議な感じがしたのです。

「特に変な感じはしませんぜ」

「そんなもの気にしているより、早く檻を開けましょう。不用心にもあそこに鍵が引っかかっているし」

そうですか。エルザさんもマモンさんも何も感じないのでしたら、気のせいみたいです。

とにかく、エルザさんの言うとおり捕まった人たちを解放することが先決ですね。

「シンニュウシャ、コロス、コロス！」

「ったく、黙ってなさい！　この扉の破片も同じ鉱石で出来ているのなら！」

ゴーレムも室内に入ってきて暴れようとしていたところをエルザさんが魔力で扉の破片を浮遊させて、それを猛スピードでゴーレムにぶつけました。

アスモデウスが大事なものを置いているなら、何も壊されないようにこの場所には入ってこない命令を出しているものかと思っていましたが、認識が甘かったみたいです。

「ピガ――――」

同じ鉱石の破片は次々にゴーレムの腕や脚の節々を傷つけ、行動不能へと追い詰めました。

硬くて痛みを感じない生命体とはいえ、これには参ってしまったみたいです。


「助けてください」

「誰か！　お願い！」

「助けが来たの!?　良かった……！」

「フィリア様！　助けに来てくれたのですね！」

鍵を手にした私は檻の鍵穴にそれを入れようとしました。あそこにいる赤毛の方は前に装飾品店で会ったカレンさんですね。

良かった。無事でいてくれて……。私たちの姿を見て、捕まっていた方々は安堵《あんど》の表情を浮かべます。しかし――。

「わざわざ君からここに来てくれるなんてね。手間が省けたよ」

「「――っ!?」」

不敵な笑みを浮かべながらアスモデウスが現れました。

これだけ大がかりなことをしたので奇襲は諦めていましたが、接近に全く気付かなかったなんて。

エルザさんもマモンさんもアスモデウスが近付いてきたことには気付いていなかったらしく、驚きの表情を見せています。

それでも、ここで何とかスキを見つけて決着をつけねば。

私はこの強大な敵と戦う覚悟を決めました。

「僕が側《そば》まで近付いて来るのに気付かなかったみたいだね。そろそろこの身体にもかなり馴染《なじ》んできたんだ。魔力を隠すくらい造作もないほどにな」

先程までその強大な魔力によってただならぬ気配を発していたアスモデウスは、ユリウスの身体でもその魔力を隠せるほどまで繊細なコントロールが可能となったことを口にしました。

つまり、今の彼は王宮で暴れ回ったときよりも強化されていると考えるのが妥当でしょう。

「フィリア、いやフィアナの魂よ！　よく来てくれた！　僕がこの四百年の間、君と再会することをどれだけ待ち望んでいたか！　共に永遠の時を歩もう！　君に相応《ふさわ》しい最高の身体を用意したんだ！」

アスモデウスが棺桶に手をかざすと蓋が開き、中から目を閉じた銀髪の女性が宙に浮かび上がりました。

生気を全く感じません。最初は遺体だと思いましたが、恐らくはあれも人形ですね。それも通路に並べられたものとは比べ物にならないくらい精巧に作られた……。

「フィアナの身体を正確に再現するのには苦労したんだよ。あの子のことを覚えている悪魔の記憶を何十、何百、何千と覗《のぞ》いてね。最高の人形技師を二百年くらい働かせたかな」

仮にその人を想い続けた時間が愛情の大きさに比例するならば、アスモデウスのその執念とも言える愛というものは、計り知れない大きさなのでしょう。

最初から彼は私を見ておらず、私を通してフィアナ様の面影を、魂を、追い続けていたのです。

「さぁ、儀式を始めよう。まずは君の魂を新しい器に移して、その魂に刻まれたフィアナの記憶を引き出す」

「…………」

「怖がらなくても大丈夫だよ、君の人格は消えてしまっても永遠の命を得ることが出来るのだから。僕は君のことを永久に愛し続けるから」

アスモデウスは人形の中に私の魂を入れると言いながら、こちらに向かって手を伸ばしてきました。

永遠の命というものはあらゆる権力者が追い求めたほど魅力的なモノみたいですが、私の欲しいものとはかけ離れています。

「だから、あたしたちを無視しないでもらえるかしら？」

「フィリアちゃんには手を出させないぜ！　今度は本気でやらせてもらう！」

もう、何度目になるでしょうか。

エルザさんとマモンさんは身体を張って、私を守ってくれます。

傷だらけになりながら、必死で歯を食いしばり。

「ええい！　鬱陶しい！　フィリアが巻き添えにならぬように力を抑えているからって調子に乗りよって！」

「――――っ!?」

アスモデウスは怒りに身を任せて魔法陣を展開させて、黒い稲妻を放ちました。

どんどん、ユリウスの身体が悪魔に近付いているみたいです。

その突然の攻撃に二人とも防御が遅れてしまっています。それならば……！

「聖光の盾《ホーリーシールド》ッ！」

邪の力を防ぐ光の盾で私はエルザさんたちを守りました。

守りの力ならば聖女の得意分野です。

特に結界などの強固さに関しましてはかなりの自信があります。

黒い稲妻は四散して、消え去りました。アスモデウスはプライドが傷付いたのか、憮然《ぶぜん》とした表情で私を睨みました。

しかしすぐに表情を変えて楽しそうに笑い始めます。

「ふふふ、また君にしてやられたか。昔を思い出すよ。ことごとく僕の邪魔をしてきたから。本気で挑んだのに負けてプライドを粉々に打ち砕かれたことを」

アスモデウスは今すぐに片をつけようとは思っていないのか、少し緩んだ姿も見せます。その様子から三人で力を合わせれば何とか持久戦に持ち込むことは可能でしょう。

じっくり戦って勝機を見出《みいだ》す流れにもっていかなければ。

「でも、やっぱり力ずくっていうのは僕の性に合わないな。フィリアには自ら望んで魂を差し出して欲しいし」

そんなことを考えていると、アスモデウスは首を横に振って攻撃姿勢を止《や》めました。

私に自らの意志で魂を差し出させたいとは、どういうことでしょう。

「さっきの君を見て思ったんだ。フィリア、君は実に慈悲深い。自分を捨てた母親であるヒルデガルトを僕の手を取ってでも助けようとした。あのとき、君は覚悟していたはずだ。そのまま捕まるという未来も」

確かに魔力を流し込んで彼の動きが止まるかどうかは賭けでした。

マモンさんで試すわけにもいきませんでしたので。

そんな賭けに出てまで師匠を助けたいと思ったのは、そうしたいと素直に思ったからでして、覚悟があったかは自分でもわかりません。

「僕は君に関することなら色々と知っている。ユリウスやヒルデガルトの記憶から教えてもらったからね。その記憶を辿った結果、一つ興味が湧いたんだ。ねぇ、フィリア。君はこの二人を助けたいと思えるかい？」

アスモデウスの目が紫色に光ると背後に見慣れた大きな扉が出現して、その中から縛られた男女が出てきました。

まさか、こんなことって。

「ど、どこだ、ここは!? ワシらは一体!? フィリア!? お、お前、そこで何をしている！」

「フィリア、あなたの仕業ですか!? 私たちに何をするつもりです！」

「お、お父様、お母様……」

目の前にいるのは私の父親のゲオルク・アデナウアーと母親のコルネリア・アデナウアー。

つまり、ジルトニア王国で投獄されているはずの両親です。いや、地上で聞いたアスモデウスの言葉を踏まえると、叔父と叔母ですね。

こんな形で再会することになるとは思いませんでした。

まさか、地上からこちらへの道を閉ざさなかったのは慢心からではなく、いざとなったら人質を取るためだったのでしょうか……？

「さて、人質作戦第二弾と行こうじゃないか。こいつらを助けるのか、否か、非常に興味深い。人質と言ってみたけど僕としてはフィリア、君が育ての親を見捨てるところが見てみたいかな」

「見捨てる……？」

「そうさ！　こいつらは君のことを目の敵にしてずっと虐《いじ》めていた。そして、最後は大金と地位に目が眩《くら》んでパルナコルタに喜んで売り払ったんだぞ！　君に酷《ひど》いことをした人間を僕は許さない！　君が殺せと命じれば喜んで殺してあげるよ！　あはははははは！」

アスモデウスは笑いながら、人質である両親を喜んで殺すなどと口走りました。

私が売られたことやずっと厳しい態度で接せられていたことを引き合いにして。

人質を取るということは通常、その人が言うことを聞かせたい対象にとって大事だと確信して実行するはずなのですが、アスモデウスにとってこれは余興のようなものなのでしょうか。

「さぁ、どうする!?　僕としてはどっちでもいいんだ。君の魂を楽に手に入られるか、もしくは君のために殺す喜びを得られるか！」

「フィリア！　お前の存在がどれだけワシらを不幸のどん底に陥れたか！」

「そうですよ！　あなたさえ生まれてこなければ、私たちはミアと共に今も幸せに暮らしていたというのに！」

思い出しました。私はこの二人に愛されたかったのだと。

聖女として一人前になろうと努力を続けていたのも、両親に認めてもらうためでした。

どんなに力を得ようと手に入らず、最後はパルナコルタに売られてしまいましたが……。

「大聖女さん！　見捨てなさい！　アデナウアー夫妻は元々、極刑は免れない犯罪者！　あなたほどの人間が身代わりになる価値はないわ！」

「おっと、退魔師。お前が人質を殺すって選択も面白いな。どうぞご自由に」

「あら、そう。それならお言葉に甘えて――」

エルザさんは私に非情な選択をさせないために自らの手を汚す覚悟で両親にファルシオンを向けようとしました。

「待ってください！」

「――っ!?」

私は大声で彼女を止めます。エルザさんはファルシオンを構えたままこちらを見ました。

ごめんなさい。

聖女として、いえ人として……何が正しくて、何が間違っているのか、私には分かりません。ですが、私には出来ないのです。

「アスモデウス、降参します。二人を解放してください」

私は両手を上げて、降参の意思を示しました。

パルナコルタ王国の聖女として国の繁栄のみを考えるのでしたら、見捨てることが正解だったのかもしれません。

しかし、目の前にいる人間を救いたいという、人としての信念を曲げることはどうしても出来ませんでした。

二人を見捨てるという選択肢をどうしても選べなかったのです。

「ふむ。悩みもせずにそちらを選ぶか。揺るぎない心の強さ。それも君らしいと言えば、君らしい」

「私は抵抗しません。まず先に二人を自由にしてください」

私は両親の無事を先に示すように要求しました。

なんせ、アスモデウスはこの二人を殺したいと言ったのですから。

こちらが交換条件を飲むのだから、当然主張もさせてもらいます。

「調子に乗るな、と言いたいところだけど良いだろう。まずは一人解放してやる。残りの一人は君を拘束してからだ。また魔力を流し込まれたら面倒だからな」

もう、油断はしてくれませんか。

アスモデウスは父の拘束を解いて、黒いロープで私の身体を強く縛ります。

このロープは魔力で強化された繊維を使っているようで、自力での脱出は不可能だとわかります。

「お前も好きにするが良い」

「ひぃぃぃぃぃぃぃぃ！」

そして、約束通り父に続けて母を解放しました。

父と母は足早にこの部屋から出ましたが、それはそれで心配です。

この世界から帰る術はないのですから。

「ふふふ……、フィアナ！　ついに君に会えるときが来た！　儀式を開始する！　人間共よ！　魔力を一点に集中しろ！」

部屋の中にある多数の檻が緑色の光を放ち始めたかと思うと、その光は棺桶の上に浮いている人形に吸収されていきます。

あの檻に使われている金属もまた魔法の浸透率が高い金属で、アスモデウスの力によって中に入れられた人々の魔力を吸い取る仕組みになっているみたいですね……。

およそ二十人分もの人間の魔力を吸い取り、人形はその輝きを増していきました。

「さて、次はフィリア。君の番だ！」

「大聖女さん！　なぜ、なぜ、あなたは！　あんな人たちのために!?」

アスモデウスは拘束されて動けない私の心臓にゆっくりと腕を伸ばします。

魂とやらは胸の奥にあると聞きましたが、それを抜き取られるという感覚はどんなものなのでしょうか――。


「エルザさん、大丈夫ですよ。私、ずっと信じていたんです」

「――っ!?」

「うおおおおおおおっ！　フィリア殿はやらせない!!」

私がエルザさんに話しかけた瞬間、アスモデウスの腕はオスヴァルト殿下の槍によって切り落とされました。
ずっと信じていました。オスヴァルト殿下は来てくださると。
真っ直ぐなあなたが必ず来ると言うのなら、そこに希望があるのだと。
そうして、彼の腕の中で私は安堵しました。

◇（オスヴァルト視点へ）

ユリウス殿に憑依したアスモデウスという悪魔に捕まったフィリア殿を俺は一度は救出することに成功した。でも、結局奪われ連れ去られてしまった。

なんで、あそこで手を放してしまったんだ。馬から落とされたくらいで俺は、どうしてフィリア殿を。

あのとき、俺がもっと力強く放さないでいれば、フィリア殿は訳のわからない世界に閉じ込められることなんかなかったのに。

俺は自分の無力さ加減に辟易《へきえき》した。そして、呪いもした。

決してこの国でフィリア殿に不自由を感じさせないと誓い、いつかパルナコルタを愛してもらえるように、側で支えて行こうと思っていたのに、こんなことになってしまうなんてな。

強い後悔とともに、疑問も感じた。

なぜ、俺はここまで打ちひしがれているのだろう？

フィリア殿が得難い人材だからか？　約束を守れなかったからか？

いや、違う！　俺にとってフィリア殿がかけがえのない存在だからだ！

彼女が笑うと嬉しいんだ。そうやって同じときを過ごすことが何よりも俺にとって大事なモノになっていたんだ。

だから俺はフィリア殿を救いたいと、自分のために大切な人を助けに行きたいと心底願っているんだ。

これはきっと俺のわがままなんだろう。でも、後悔はしたくない。

彼女の傍らにいたいと想っているから。その気持ちもいつか全部伝えたいと想っているから――。

フィリア殿が俺のことをどう思っていようと関係ない、俺の気持ちを伝えなくては絶対に後悔するから、俺は自分のためにも彼女を必ず救い出してみせる。


「オスヴァルト殿下、槍を見つけました！　さぁ、我らの槍術《そうじゅつ》で！　悪魔共に目にもの見せてやりましょうぞ！」

フィリップが俺の落とした槍を拾って持ってきて、気合を入れる。

俺はその昔、この男から槍術を習った。

俺に「いつか守りたい人が出来たときのため」とか言ってかなりしごかれ、当時は辛《つら》かったが、今では感謝している。

いつまで悩んでいても仕方ない。このままじゃフィリア殿に合わせる顔もないだろう。

「ああ、そうだな。この槍で俺は今度こそフィリア殿を助けてみせる」

俺はフィリップから槍を受け取り、ブンッとひと振りしてみる。

手に吸い付くこの感覚。使い勝手は今まで使ったどの槍よりも良い。

大丈夫、もう二度と俺は醜態を晒さない。

「オスヴァルト殿下～、フィリップさ～ん、クラウスさんが準備出来たと～」

「今行く！」

リーナ、レオナルド、それにヒマリもフィリア殿が開発した武器を携えて、クラウス殿の近くに集合する。

祖父が護身術道場の師範でずっと訓練を積んでいたメイドのリーナ、パルナコルタ騎士団先々代団長のレオナルド、そしてムラサメ王国で幼少期から王族の護衛をしていたというヒマリ。

フィリップも含めてみんな頼りになる人材だ。

「これからアスモデウスのいる狭間の世界へと向かいます。悪魔たちが蔓延《はびこ》る非常に危険な場所です。生きて帰ることが出来ないかも――」

「クラウス殿！　弱気は止めておこう！　みんなでこっちに帰ることだけを考えようじゃないか！」

「……まったく、この国の王子様は僕らの国とは全然違いますから調子が狂いますよ。分かりました。全員で生きて帰りましょう！」

「「おおーっ!!」」

拳を天に突き上げた俺たちはフィリア殿たちがいる狭間の世界へと向かった。

クラウス殿の使い魔であるサタナキアの目が紫色に光り、禍々しい装飾の大きな扉が俺たちの前に現れる。

「さぁ、付いてきてください」

扉が音もなく開くとクラウス殿は俺たちをその中へと誘導した。この中に入るのか……。

言われるがままに扉の中へと入り、光のない真っ暗な空間を数歩進んだと思ったら、俺たちの前に今度は真っ白な景色が広がる。どうやら無事に辿り着いたらしい。

「これが狭間の世界ってやつか。何ていうか、生き物の気配を感じないな」

「草木が全くない上に、岩や地面も白色とは。この空間は自然に出来たものとは到底思えませんな」

レオナルドの言うとおりだ。

何というか作り物の匂いがするんだよな。

この世界全体が紛《まが》い物《もの》というか、嘘《うそ》みたいな性質を持っているというか。

「仰るとおりです。この世界はその昔、魔界で絶対的な権力を持っていたサタンという悪魔が暇つぶしで作ったのだとか。太陽も岩も大地も何もかもが偽物。途中で飽きてしまって、色を付けるのを止めたらしいです」

「うわ〜〜、いい加減ですね〜。私は色塗りが一番楽しいと思いますけど〜」

なるほど、とんでもない規模の話だ。

悪魔という連中はこんな世界まで作ることが出来る能力を持っているのか。

あらためて、悪魔が俺たち人間とは全然違う存在だと知る。

アスモデウスって悪魔もクラウス殿の話によればまだ全然本気ではなかったと聞くし。

いや、恐れてどうする。こんなのどうってことない。そうだ、目的からひと時も目を逸《そ》らすな！

「クラウス殿、フィリア殿たちがどこにいるのか分かるか？」

このうんざりするほど白に塗れた世界。

方向を間違えればフィリア殿に会えるどころかすぐに迷子になってしまう。

エルザ殿の口ぶりではアスモデウスの居場所はある程度の見当はついていそうな感じはしていた。

クラウス殿もその点についての不安は口にしていなかったから、恐らく見当はついているのだろうが。

「エルザ先輩たちはあちらの方向にある〝常闇の魔城〟に向かっているかと思われます」

「常闇の魔城って何ですか？」

「アスモデウスの根城ですよ。どうにかスキをついて、倒すしかないでしょうから、隠れて好機が来るのを待っているかと」

なるほど、こんな世界にも城があるのか。それで、そこにアスモデウスが住んでいると。

まぁ、確かにあんな化物に正面からぶつかろうとは思わないよな。

フィリア殿も無謀なことはしないだろうし。

「なるほど、アスモデウスを暗殺しようと爪を研いでいると。まさか、先日フィリア様に雑談がてら様々な暗殺方法について話したことが役立つとは……」

「ヒマリ、フィリア様が何でも興味を持つのに甘えてはなりませぬぞ。もっと明るい話題にすべきです」

「レオナルドさんは、いつもお料理の話をしてますものね～～」

みんなと仲良く暮らしているんだな。

フィリア殿も楽しそうな顔をして、みんなの話をしてくれるから知っていたが、こうやって聞くとフィリア殿をパルナコルタに呼んだ身としても安心する。

まぁ、レオナルドに言われたことを実践しては失敗している話をするときだけは悲しそうな顔をしていたが。


「それでは、皆さん。僕について来てください。案内しますよ」

クラウスの言葉に従って俺たちは〝常闇の魔城〟を目指す。

と言っても、クラウス殿はその近くに到着するようにサタナキアに指示を出していたみたいで、何分か歩いたら、目の前に真っ黒な城が現れた。

なるほど、今度は黒一色か。俺も芸術的な感性には自信がある方じゃないが、悪魔はそういうのに無頓着なのかもしれないな。

「……やはりエルザ先輩たちは〝常闇の魔城〟にいますね。魔力を感知しました」

「そうか。無事でいるなら良かった」

クラウス殿は目をつむって、魔城の中からフィリア殿たちの魔力を感じると俺たちに教えてくれた。

凄いな。遠くにいてもわかるものなのか。

俺たちは全員、魔法には縁がない人間だから、こういうのは全部クラウス殿任せになってしまう。

「んっ？　待ってください。ほかにも魔力を持った人間が沢山いるみたいです。多分、〝神隠し事件〟の被害者の方々だと思われます」

「「――っ!?」」

なるほど。そりゃそうだよな。

フィリア殿に聞いた話ではアスモデウスの目的は四百年前に絶大な魔力で大陸の危機を救ったという大聖女フィアナの復活。

そして、〝神隠し事件〟はその目的達成のために彼女の復活に必要な魔力を集めるために行なわれた。

だったら、自分の根城に捕まえた人間たちを置いておくに決まっているか。

「クラウス殿、急ぐぞ！　きっとフィリア殿たちは捕まった人たちを解放しようと頑張っているはずだ！」

「お、オスヴァルト殿下！　もっとこっそり入らなくては危険ですよ――！」

俺たちは〝常闇の魔城〟へと駆け込んだ。

◆

「何だか意外だな。魔城っていうから、もっと見張りとかがいるイメージだったんだが」

俺たちは思ったよりもずっとあっさりと〝常闇の魔城〟の中に入ることが出来た。

パルナコルタは治安の良い方だけど、それでも城門の前には何人もの兵士たちがいて、城への侵入者を警戒している。

しかし、この城にはそういった類の見張りは一切いなかった。

大雑把な性格の俺でももうちょっと防犯意識を持てって言いたいくらいだ。

「悪魔というのは元々こんな感じなんですよ。己の力に絶対的な自信があり、見張りや罠を仕掛けるのは弱者がすることだと嘲笑《あざわら》うような連中です」

クラウス殿は悪魔という者たちの考え方について講義する。

悪魔というのは油断しやすい連中みたいだ。

「でもでも～、アスモデウスってフィリア様のお母様を人質にしていませんでしたっけ～？」

「人質作戦など、どう考えても弱者のやり方ですな」

「アスモデウスはフィリアさんを無傷で捕らえたいと言っていましたから。最も労力のかからない方法を選んだのでしょう」

うーむ、フィリア殿を無傷でか。

あんなに大暴れしておいても、あいつからすると加減していたということなのだろう。

人質作戦——アスモデウスは記憶を読み取る能力があるようで、それによってヒルデガルト殿が実はフィリア殿の母親であるという事実が明るみになったらしい。

どうやら、ヒルデガルト殿の養子となったミア殿のみがその事実を知っており、フィリア殿はそれまで知らなかったとのことだが。

様々な事情があるんだろう。

フィリア殿の師匠でもあるヒルデガルト殿はそれは厳しい修行を彼女に強制したらしいが、それも愛情ゆえだったのだろうか。

ずっと知らされていなかった秘め事を知ってしまったフィリア殿の内心は分からないが、声を聞いた感じだと受け入れて前向きに考えているみたいだった。

だけど、彼女は不器用なところもあるしな。おせっかいだが、俺もフィリア殿が上手くやれるように手伝いをしたいと思う。

「むっ……、この人形たちは一体!?」

「うわ〜〜、いっぱい並んでいますね〜」

「これは二百年ほど前に流行《はや》った人形造りの手法ですなぁ。どの人形も良く出来ている」

通路には何体もの人形がズラリと並んでいた。

どの人形も銀髪の女性で白っぽいローブを着ている。まるで——。

「フィリア様に似ている気がします！」

フィリップの言うとおり、この人形たちはフィリア殿に似ていた。

しかし、なんでまたこんなに沢山の人形を？

これも悪魔の習性とかそんなのに絡んでいるのか？

「「……………」」

「な、なんですか？　僕に視線を送っても駄目ですよ。分からないですから。悪魔のことなら何でも知っているとか変な期待をしないでください」

そっか、クラウス殿でも分からないなら仕方ない。

しかし、悪魔は見張りを配置しないと言った割には通路に大きな穴が空いているし、争った形跡も見受けられる。

この床だって、相当な硬さをしてそうなのに。

「――っ!?　あちらの方向で凄《すさ》まじい魔力がいきなり現れました。アスモデウスに間違いありません。エルザ先輩たちの魔力も同じ場所で感じます」

「やっぱり、急がなきゃな。みんな！　行くぞ！」

俺たちはフィリア殿たちとアスモデウスが交戦を開始したと聞いて、再び走り出した。

フィリア殿、すぐに助けに行くからな！

◆

「大聖女さん！　見捨てなさい！　アデナウアー夫妻は元々、極刑は免れない犯罪者！　あなたほどの人間が身代わりになる価値はないわ！」

「おっと、退魔師。お前が人質を殺すって選択も面白いな。どうぞご自由に」

「あら、そう。それならお言葉に甘えて――」

「待ってください！」

フィリア殿たちの側に到着したとき、壊れた扉の中では何やら人質がどうとかいう争いごとが起こっていた。

どうやら、フィリア殿の育ての親であるアデナウアー夫妻が人質にされており、フィリア殿は降伏を促されているみたいだ。

「これでは迂闊に動けません。どうしますか？」

「一《いち》か八《ばち》か飛び出すという手もありますよ～」

「それでもし、人質が殺されたらフィリア様に顔向け出来ないですな」

「だが、私たちの目的は主《あるじ》を救うこと」

そうだな。フィリア殿さえ無事なら良いという考えなら、ここで突入が正解だろう。

だが、それで彼女の笑顔が奪われれば俺は……。

んっ？　今、一瞬だがフィリア殿が俺の方を見たような。

気付いている？　俺たちが近くにいることを。

アスモデウスとのやり取りでは人質の解放と引き換えに自らが捕まることを良しとしているが、彼女は俺たちに何かを期待している……？

「クラウス殿、魂ってどうやって抜くんだ？」

「えっ？　魂の抜き方ですか？　やったことはありませんが心臓の近くに手を伸ばして、魔力を使って体内から抜くはずです。そもそも精神に宿っている魂というものは魔力と同じく非物質的な存在でして、それに触れるということは魔法学的に言って――」

「理屈はまた今度聞く……！　つまり、アスモデウスは必ずフィリア殿に直接手を伸ばすということか？　影ではなく」

「繊細な魔力のコントロールが必要ですから、間違いなく直接触れるはずです」

――どんな生き物もスキだらけになる瞬間がある。

それは獲物を捕らえようとする瞬間だ。

悪魔は油断しやすいと聞いた。だから俺はアスモデウスがフィリア殿の魂を抜き取ろうとする瞬間を狙うとと決めた。

「フィリア殿は俺たちが動き出して救出に来ることを信じている。チャンスは一瞬だ。みんな、合わせてくれ」

俺はみんなに、フィリア殿にアスモデウスが手を伸ばした瞬間に飛び出すように指示を出す。

勝機は一瞬。見逃すな……！

「エルザさん、大丈夫ですよ。私、ずっと信じていたんです」

フィリア殿の心臓にアスモデウスの手が伸びる。

このとき、俺は極限まで集中力を高めていた。誰よりも大切な人を助けるために。

アスモデウスの動きが急にゆっくりに見えてきた？……いや、フィリア殿も他の者たちの動きも全部ゆっくりに見える。

まるで時間の進みが遅くなっているかの如《ごと》く、周りの景色がゆっくりと進んでいるように見えるのだ。

そんな極限状態で見極める一瞬のスキ。

——今だ！

俺は床を思いきり蹴ってフィリア殿に手を出す不埒《ふらち》な悪魔に突撃した！

「うおおおおおおおおっ！　フィリア殿はやらせない!!」

「な、何ぃっ!?」

アスモデウスが驚きの表情を俺に見せる。悪魔でもびっくりすると硬直するんだな。

それは一瞬の出来事だったが、確かにアスモデウスの動きが止まった。

この一瞬は俺にとって作戦の成功を決定づける。悪いが、これでも槍の腕は達人並ってフィリップからお墨付きを貰っているんだ。

この機を逃してたまるものか。これで決めさせてもらう！

俺はアスモデウスの腕を切り落として、その腕から離れたフィリア殿を抱いて、距離を取った。

彼女から伝わる温《ぬく》もりは彼女が生きているということを俺に教えてくれた。

よし、上手くいったぞ！　そう思ったのも束《つか》の間《ま》、アスモデウスの奴《やつ》は自らの影を俺に向かって伸ばしてくる。

「小癪《こしゃく》な人間風情が！　この僕の邪魔をして！」

「もう絶対にフィリア殿は放さないって誓ったんだ！」

「ぐっ……！」

二度も同じ失敗を繰り返すはずがないだろ！

俺は迫りくる影を、思いきり蹴飛ばしてさらにアスモデウスから離れた。

自然に腕に力が入った。二度と大事な人を奪われるものかと。

必ずフィリア殿と共に地上に帰る。帰ってみせる。

◇（フィリア視点へ）

オスヴァルト殿下たちが近くまで来ていること、こちらの様子を見ていることは分かっていました。

リーナさんに手渡したブレスレットは自分に近付くとほんの少しだけ振動して相手の存在を示すように作っていましたから。お務め中にリーナさんがはぐれてしまったことがあったので作った機能でしたが、こんな時に役立つとは思いませんでした。

クラウスさんは恐らく魔力を消して、オスヴァルト殿下たちは元々魔力を持たないので、アスモデウスは気付いていなかったみたいです。

ですから、私は安心して捕まる覚悟が出来ました。

きっと殿下たちなら絶好のタイミングで奇襲を仕掛けてくれると信じていたからです。

彼らがまだ来ていなかったのなら、お父様とお母様には申し訳ありませんが、すぐにアスモデウスの提案を受け入れることは難しかったかもしれません。時間を稼ぐ必要も出てきましたでしょうし。

「無事で良かった。本当に、よく生きていてくれた……！」

「ご心配おかけしました」

オスヴァルト殿下は目に涙を溜《た》めて私の無事を喜んでくださいました。

殿下ならきっと奇襲を仕掛けて助けてくださると信じていたのは本当です。しかし、殿下に抱きかかえて頂いたとき、私も思わず涙を流しそうになりました。

それは嬉《うれ》しさだけでなく、他の感情もあったような気がしますが、何なのか私には分かりません。

ですが、とても大切な気持ちのような気がします。

「パルナコルタの王子よ！　あまり調子に乗るな！」

そんな私たちを見ていたアスモデウスは怒りの表情を見せてこちらに急接近してきました。

自らの悲願をオスヴァルト殿下に邪魔されたのが余程腹が立ったのでしょう。

このロープさえなければ私も反撃することが出来るのですが……。

「ぬおおおおおっ！　フィリア様と殿下に近づくな！　この下郎が！」

「火遁《かとん》の術!!」

「な、なんだ!?　貴様ら！　いきなり！」

フィリップさんがアスモデウスの進行を槍《やり》で受け止めて、ヒマリさんが炎を顔に浴びせます。

アスモデウスは面食らったのか、目を閉じてしまいました。

「いけませんな。目を閉じるとは、武人としては三流ですぞ」

「うぐあっ!?」

さらにレオナルドさんがアスモデウスの後頭部を蹴飛ばして、地面に叩《たた》き伏せます。

私のためにこんなにも多くの人が駆けつけてくれるなんて。

狭間《はざま》の世界から戻ることが出来る保証もありませんのに。

「フィリア様～～！　お怪我《けが》はありませんか～～？」

「大丈夫ですよ。リーナさんも来てくれたのですね。ありがとうございます」

「当たり前ですよ～。フィリア様と一緒にまたお務めに行きたいですし、お菓子も作りたいですし、他にもいっぱいやりたいことがありますから！」

リーナさんは対悪魔用に作ったダガーでロープを切り裂き、私の拘束を解いて笑顔を見せました。

彼女はやりたいことが沢山あると言っていますが、私もまだまだやり残したことが数多くあります。

ここで一生を終えるわけには行きません。たとえ、永遠の命が手に入ったとしても。

「ちょっと、どういうことなの？　なんで退魔師でもない一般人があんなにこっちに来てるのよ！」

「す、すみません。だってアリス先輩が……」

「だってじゃないわよ。あの人なんて、パルナコルタの王子じゃない！　何かあったら国際問題よ！　国際問題！」

「わ、分かっていますよ～」

エルザさんは駆けつけてきてくれたクラウスさんを叱っています。

クラウスさん、本当に感謝します。あなたが覚悟を決めて皆さんをこちらに連れてきてくれたことを。

皆さんの顔を見ると不思議と力が湧いてきましたから。

「エルザ姐《ねえ》さん、その辺にしておきましょうや。なんせ、アスモデウスの旦那をこれから袋叩きに出来るんですからねぇ」

マモンさんはエルザさんを宥《なだ》めます。

彼の言うとおりですね。アスモデウスは何故《なぜ》か一人ぼっちで仲間を呼ぶ気配がありません。

呼んだのは、低級悪魔と呼ばれる力の弱い悪魔たちだけ。

パルナコルタのお城には多くの中級悪魔を呼んでいたのにもかかわらず、不思議ですね。

「これなら勝てるかもしれないわ。あいつが仲間を呼ばない理由が分からないけど」

エルザさんは十人で一丸となって力を合わせればアスモデウスに勝つ可能性が出てきたと言います。

そうかもしれません。アスモデウスの力がこの程度なら、勝率は決して低くないでしょう。

「ははははは、お前たちはたったの十人雁首揃《がんくびそろ》えただけで、この僕に勝てると夢見ているのか？」

「むぅ～～！　私たちは負けませんよ～！」

「アスモデウス！　パルナコルタ騎士団長として、貴公を討伐する！　覚悟しろ！」

挑発的なアスモデウスに対して、リーナさんとフィリップさんは飛びかかります。

嫌な予感がしました。大事な何かを見落としているような。

「頭が高い！　ひれ伏せ！　下等な人間よ！」

「きゃっ～！」

「ぬおっ!?」

突如として、アスモデウスの背中から巨大な翼が生えてフィリップさんとリーナさんをなぎ払います。

背中には翼。髪は腰辺りまで伸びて、全身が眩《まぶ》しいくらい銀色に光り……、目つきがユリウスとは別人のように鋭くなりました。神々しさすら感じる、その外見の変化に私たちは思わず息を呑《の》みます。

「ふはははははは、この人間の身体《からだ》はいい！　魂の濁り具合がワシの魂とよく馴染《なじ》む！　もはや、我が身体の封印を解くことなど不要！　ユリウスという男の身体は完全に悪魔と化した！」

室内で竜巻がいくつも発生して、彼が叫べば叫ぶほど大気が震えます。

いいえ、大気だけでなく実際に地面も大きく揺れていました。

さっきまでのスケールとはまるで違います。

まるで神を怒らせてしまったかのような凄《すご》みをアスモデウスから感じてしまいました。

四百年前はフィアナという規格外の力の持ち主がいたからたまたま人類は救われましたが、彼女が現れるまでは彼の存在は天災のように扱われ、人々は抵抗することすら諦めていたらしいです。

理不尽な暴力。これがアスモデウスの正体。

「この城に悪魔がいなかったことに違和感を覚えなかったのか!?　全部、ワシの腹の中だ！　この身体が欲したのでな！　全てを黒く塗りつぶす悪魔の血を！」

同族を食べた？

悪魔の話ではないですが、大陸を越えたとある国にいた魔物も同族を次々と食べることで力を増して、災厄と呼ばれるほどの力を身につけたと聞いたことがあります。それと同じことをアスモデウスは行ったのでしょう。

アスモデウスの魔力の大きさは異常です。

ただでさえ、手に負えないと感じていましたのに、ここに来て切り札を出されるとは思いませんでした。


「フィリア様、このままですと捕らえられた者たちに被害が……」

「そうですね。ヒマリさん、とにかく鍵を開けて、捕らわれた方々を解放してください。皆、魔力を奪われた様子ですが、怪我などはしていないみたいですから」

「御意！」

私がヒマリさんに檻《おり》の鍵を半分手渡しますと彼女はまるで数人に分裂したと錯覚するほどのスピードであっという間に捕まった人々を解放しました。

「フィリア殿、俺も手伝おう」

「オスヴァルト殿下……」

オスヴァルト殿下とも分担して残りの半分の檻の中から〝神隠し事件〟の被害者たちを解放しま

す。

そしてなるべくアスモデウスとの戦いに巻き込まれないようにするためにヒマリさんとリーナさんが誘導をして、彼女たちはこの部屋から出ていきました。

アスモデウスは私以外には興味がないからなのか、高笑いを続けながらこちらを見据えるだけで何もしません。私がここを動けば追いかけてくるかもしれませんが……。

しかし突風と竜巻により、立っているのが段々辛《つら》くなってきました。壁も天井もひび割れて、崩れだします。フィアナ様の身体だという人形もあるのに、この場所を崩壊させてしまうつもりでしょうか。

「う、うわ――――！」

「も、もう駄目です……！」

あ、あそこにいるのは、私の両親。ひび割れた天井が崩れて下敷きになりそうになっています。

どうやら帰る方法がわからないことに気付いて、この場所に戻ってきていたようです。

どうしましょう、逃げるよう伝えても到底間に合いそうにありません……。

「聖光の盾《ホーリーシールド》！」

「――っ⁉」

「お父様、お母様、急いでください。この城はそう遠くない未来に崩れ落ちます」

間一髪でした。

私の放った光の盾が両親を瓦礫《がれき》から守ります。

二人は顔を見合わせてびっくりしたような表情で私を見ました。

「フィリア……、お、お前はワシらを恨んでいないのか？」

「犯した罪は償って頂きたいです。ですが、私自身は特に何も恨みは抱いていません。師匠はどう考えているのか知りませんが」

「そ、そうですか。あなたはそのことを知ってしまったのですね――」

物心ついたときから両親との生活は全く上手《うま》くいきませんでした。

修道院に預けられてからはさらに溝は深まったと思っています。

だからといって今お二人を恨むということは、その後の私の出会いや人生を否定することにも繋《つな》がります。

ですから私は両親を恨んでいません。というより、残念ですが何の感情も持てませんでした。

「くくくくく、フィリアよ！　最後の警告だ！　皆殺しが嫌ならば、ワシに魂を差し出せ！　さもなくば、お前の仲間は全員死ぬぞ！」

「「「――っ!?」」」

私の魂を要求したと同時にオスヴァルト殿下たちが全員突風によって吹き飛ばされて壁に激突します。

脅しというよりは最後通告ですね。

「アスモデウス、それ以上に暴れるとフィアナ様の人形に傷が付きますよ」

私は一縷《いちる》の望みを懸けて、アスモデウスが堅固な扉を作ってまで守り続けていたフィアナ様の人形について言及しました。

大量の記憶を読んで、人形技師に二百年という途方もない歳月をかけて作らせた精巧な人形。

彼とて、壊れるのは惜しいでしょう。


「…………」

アスモデウスは私の言葉を聞いて黙って腕を組み、考え込むような仕草をしました。先程までの猛々《たけだけ》しい魔力の放出は鳴りを潜め、吹き荒れる暴風も止まります。

良かった。彼にも理性があったみたいです。フィアナ様への執着が彼を止めたようでした。

「違うな……。どこまでもフィアナとは違う」

「――っ!?」

静かにそしてどこか寂しそうにアスモデウスは私とフィアナ様は違うと呟《つぶや》きます。

こ、これは、先程よりもまた大きく、禍々《まがまが》しい魔力がアスモデウスから……。

「はははははは、打算的なところはフィアナとは似ても似つかぬ！　フィリアよ！　お前は、フィアナの生まれ変わりだがやはりフィアナではないのだな！　もはや、お前の身体などどうでもいい！　ズタズタに切り刻んでから強引に魂を引き出してやる！」

「…………」

「それに、魔力を吸収したフィアナの器をナメるな！　たとえ城が瓦礫の山になろうとも傷一つ負わぬわ！」

ようやく、私がフィアナ様とは別人という思考に行きつきましたか。タイミングとしては最悪かもしれませんが。

フィアナ様の人形にはアスモデウスの言うとおり途方もない魔力が吸収されています。

瓦礫などでは壊れない自信、というより確信があるから暴れられる。そんな絶望に等しい宣告を彼は私たちに下したのです。

「皆さん、とにかく防御姿勢を取ってください。恐らく王宮のときとは比べ物にならない――」

私がそう口走ったとき、アスモデウスの身体から放たれる銀色の光がさらに輝きを増しました。

「天変地異《カタストロフィ》!!」

太陽に見紛《みまが》うほどの強い光を直視出来ずにいると、次の瞬間に彼を中心にして同心円状に大爆発が起きます。

「聖光の大盾《ホーリーバリア》ッ！」

前に出なくては、とにかく前に、一歩でも。

みんなを守るために私は全魔力をもって結界を張りました。

しかし、非力な私の結界では刹那の時間しか爆発を押し留《とど》めることしか出来ずに、気付いたときには瓦礫の下に埋まってしまいます。

不意をつかれた王宮とは違って、全力で身を守ろうとしたにもかかわらず、それが全く意味をなさないなんて。

既に身体中はボロボロで、激痛が走ります。

——絶望的な力の差。

僅かな攻防で嫌というほど、それを思い知らされます。

完全な悪魔として覚醒したアスモデウスの力は計り知れないものでした。

天災と呼べるほどの大規模な破壊。

これがもし地上で行われたらと考えると、ゾッとします。

例えば、パルナコルタ王都で今の規模の爆発が起こればあっという間に更地になってしまうでしょう。

修行時代には大型のドラゴンの炎なども完全に防いだことがある結界魔法——聖光の大盾《ホーリーバリア》で何とか部屋にいた皆さんを守ろうとしましたが、気休め程度の防御にしかなりませんでした。

皆さん無事なら良いのですが、瓦礫が邪魔な上に全身を怪我して。その上……ここまでの無理が崇《たた》ったせいで魔力が枯渇してしまい、すぐには抜け出せないため確認が出来ません。

「まだ、諦めるわけにはは。オスヴァルト殿下との約束もありますし——」

口にして私は驚きました。

こんな窮地に私はオスヴァルト殿下と食事に行く約束を一番初めに思い出すなんて。

もちろん大切な約束ですけど、もっと聖女として国を守るとか、沢山の人の命を救うとか、考えなくてはならないことが沢山あるはずですのに。

そのとき、瓦礫の一部がズレて私に覆いかぶさるように、何かが落ちてきました。

あ、温かい。そして、柔らかい。まるで生き物のようなそれは、よく見るとフィアナ様の人形でした。

「一緒に吹き飛ばされたのですね。私はこんなにもボロボロなのに、確かにこちらは傷一つ付いていません。アスモデウスが自慢するのも納得です」

大規模な爆発に巻き込まれても、きれいなままの人形。

アスモデウスが集約した魔力を吸収しているので、今もなお力強い輝きを放っています。

『アスモデウス、あなたもしつこいですね。この地を荒らすことは許さないと忠告したはずですよ』

「――っ!? い、今のはなんですか? あ、熱い、胸の奥が、心臓が……!」

急に頭に声が響いたかと思うと、胸が熱くなりました。

フィアナ様の人形から魔力が心臓の中に入ってきて溶け込むような、それと同時に頭の中で響くのは、フィアナ様の記憶……?

段々とフィアナ様の人形の輝きが淡くなってきて、代わりに私の身体が発光するようになりました。

胸が、心臓が、燃えるように熱いです。そして、頭の中では――。

『フィアナ・イースフィル、お前の力は強大すぎる。悪いが危険なお前をこのまま置いておくわけにはいかない』

『大丈夫、君のことは虐《いじ》めないさ。私が力の使い方を教えよう』

『悪魔を倒すのが僕たち、退魔師の仕事なんだ。フィアナも退魔師になるの？　えっ？　聖女？

何だそれ？』

『……退魔師はほとんど全滅した。もう、人類に希望はない』

『悪魔たちは私が滅ぼします。それが神から授かった私の使命ですから』

四百年前の世界でのフィアナ様の記憶が一気に私自身を侵食します。

少しでも気を抜けば、私が私でなくなると錯覚するほどの追体験。

フィアナ・イースフィルとしての人生を私は体験したのです。

『し、信じられん、このアザエル様をたかが人間風情が……！』

『ば、馬鹿な……、ベルゼブブ様が手も足も出ないとは――』

『はぁ、はぁ、見つけたぞ、ワシの運命の相手を！　フィアナよ！　ワシはお前を絶対に手に入れる！』

四百年前に魔界が近付いたとき、アザエル、ベルゼブブ、アスモデウス、といった最上位に位置する三体の悪魔たちが地上に侵攻してきました。

既に魔物たちの楽園となっていた地上はさらに悪魔たちによって荒らされて、人類は絶望に打ちひしがれていたのです。

その頃から大陸で随一の大国であったダルバート王国は退魔師たちを育成して悪魔への対抗手段

としましたが、最上位の悪魔たちには力が及ばず、次々と倒されてしまいます。

そんな中、幼少の頃より規格外の魔力を持っていたために故郷の村で迫害を受けていたフィアナ様は、クラムー教の退魔師でもあった神父の誘いでダルバート教会に身を寄せて、神に祈りを捧《ささ》げ続けておりました。

しかし、自分を助けてくれた神父が悪魔との戦いで亡くなった知らせを聞いて、聖女として悪魔と戦う決意をします。

フィアナ様は大規模な結界術で大陸どころか世界中の魔物を一瞬で消し去り、仲間の退魔師たちと世界中を冒険しながら悪魔たちを討伐する日々を開始しました。

そして、アザエルやベルゼブブというアスモデウスと同等かそれ以上の力を持っている悪魔たちを一方的に蹂躙《じゅうりん》して、他の悪魔たちの戦意を喪失させて魔界に撤退まで追い詰めたのです。

形勢は逆転しましたが、不死身に近い身体を持つアスモデウスだけは何度痛めつけても懲りずに向かってきており、フィアナ様はその身体と魂を分離して、身体を封印することでようやく無力化に成功したのです。

こうして、フィアナ様は世界的な英雄となり大聖女という称号を得ました。

大聖女フィアナという人間については、ほとんど神話の世界の住人だと思っていたのですが、師を尊敬し、友人を大事にして、恋人を慈しむ、そんな方でした。

力の大きさに悩んでいても近くには彼女を支える方々が沢山いたのです。

そして、彼女はそんな方々に感謝しながら人生を終えました。

この方が最初の聖女。

そして、私はフィアナ様の――。

『あなたは……、あなたです。フィリア・アデナウアー』

頭の中に響き渡るこの声はフィアナ様の声？

私の魂の中にいる彼女が目覚めたとでも言うのでしょうか。

『どうやらそのようです。まさかアスモデウスの執念がこれほどとは読めませんでした。申し訳ありません。私の封印が甘かったみたいで、とんだご迷惑をおかけしました。アスモデウスを倒すのに手を貸してください』

フィアナ様の声が頭の中で響くたびに力が湧いてきました。

フィアナ様の代わりに私がアスモデウスを倒す？

しかし、アスモデウスの魔力は強大。私などが敵《かな》う相手ではありません。

「フィリアよ！　ここにいたのか！　あまりにも呆気《あっけ》なく吹き飛ばされたから見つけるのに苦労したぞ！」

アスモデウスは瓦礫を蹴飛ばして、私のもとへやってきました。

そして、彼はその紫色に変色した腕を伸ばして、再び魂を抜き取ろうとします。

彼の力に抵抗するのは不可能。私はもう諦めるしかないのでしょうか。

「いえ、ここで諦めるわけにはいきません！」

自分なりに抵抗を示そうと、持てる力を振り絞ってアスモデウスの腕を摑《つか》もうとしました。

そんなことをしても、私に残された小さな力では彼に軽くあしらわれるだけなのは分かっていましたが、無抵抗でやられるわけにはいかなかったのです。

「ぐがあああああっ!!　な、なんだ、この力は!!」

悲鳴が聞こえました。アスモデウスが苦痛に呻《うめ》く声が響き渡ります。

気付けば私はアスモデウスの腕を摑みながら、空中に浮いていました。

これは何が起こっているのでしょうか？　不思議なことに彼の腕が細い木の枝に思えるほど、脆《もろ》く感じます。

そして、私の体内から信じられないほどの量の魔力が吹き出しました。まるで、ダムが決壊したように。

「この女！　また、魔力を流そうと!?　そうはいくか！」

腕を捻《ひね》りあげて魔力を流そうとすると、彼は自分の腕を切り離して慌てて距離を取りました。

さすがにもうこの手は通じないみたいです。しかし、今の私の力はアスモデウスに匹敵するとみて良さそうでした。

「早く皆さんを助けませんと」

三十人近くの人々が生き埋めに近い状態になっており、大怪我を負っている方もいるようです。

このままだと死人が出てしまう恐れがあります。

「聖なる息吹《ホーリーブレス》！」

その気配を感じ取った私は魔法陣を形成して辺り一面の瓦礫を風で遠くへと飛ばしました。これで生き埋めからは皆さんが解放されたはずです。

そして、地面に着地して祈りを捧げました。癒やしの術を使うために。

「セント・ヒール！」

大量のマナを体内に取り込んで、治癒魔法を発動させます。

「フィリア殿、凄いな、一瞬で怪我がすっかり治ってしまったぞ。他のみんなも大丈夫そうだ。助かったよ」

近くで倒れていたオスヴァルト殿下は立ち上がって、私のもとに駆け寄りました。

怪我が治ったという言葉通りの様子を見せるオスヴァルト殿下を見て、ほっと胸をなでおろします。

誰一人としてアスモデウスの犠牲にはさせません。私は皆さんを必ずお守りします。

「オスヴァルト殿下、ご無事で何よりです。アスモデウスは私が討伐しますので、ここはお任せください」

「う、うむ。助けに来た立場としては情けないが、この状況を見ればそれが最善だということもわかるから任せる。だが、危なそうに見えたら俺もじっとはしていないぞ」

私はオスヴァルト殿下にこの場は自分に任せてもらうように声をかけました。

彼は心配そうな顔をしつつも、それを承知してくれます。

問題ありません。

魔法の威力が想像以上に上がっていて驚いていますが。この力ならアスモデウスに後れは取りません。

古代魔術の基本は吸収したマナに自分の魔力を加えて放出することですが、無尽蔵に吸収することは出来ません。自分の体内に内在する魔力量のおよそ十倍が限度で、それ以上は自らの魔力でコントロール出来る限界を超えているので身体が負荷に耐えられなくなります。

現在、私は人形に吸収されていた魔力を体内に多量に取り込んだ結果、内在する魔力量が増えてマナを吸収出来る限界値が大幅に増えました。

それにより魂に刻まれたフィアナ様の力を目覚めさせるに至ったみたいです。

「触れられなければ、取るに足りん相手だ！　あの女はフィアナではないのだからな！」

アスモデウスは空中から私たちを見下ろして、大声で叫びました。

彼の魔力が急上昇してその眼《め》が赤い光を放ちます。

これは〝天変地異《カタストロフィ》〟という、先程、私たちを瓦礫の中に生き埋めにした魔法ですね。フィアナ様の記憶によると、彼はこの魔法でいくつもの国を滅ぼしたみたいです。

彼はニヤリと笑って再びそれを放とうとしました。

「フィリア殿！　また大きなのが来るぞ！」

オスヴァルト殿下もそれを察してなのか、私の盾になろうと前に出ようとします。

彼に怪我を負わせるわけにはいきません。私のために命懸けで助けに来てくれたオスヴァルト殿下。私は彼を絶対に守ります。

「天変地異《カタストロフィ》ッ！」

「シルバー・ジャッジメント！」

私はアスモデウスに向かって手をかざします。ミアが最も得意な銀十字のナイフを無数に飛ばすというシンプルなこの術式。

私は幾千、いえ、幾万もの銀色の刃をアスモデウスの周囲に出現させて彼の術式発動前にその全てを彼に突き刺しました。

「ば、馬鹿な!?　そんなはず!?　ワシの術式発動速度を上回るなど……！」

大爆発は未然に防ぐことが出来、彼は無数の銀色の刃が刺さったまま地面へと落下しました。

聖なる力を有する刃とはいえ、高い再生能力と生命力を持つアスモデウスにはまだ決め手を欠くみたいです。

そのような状態でも彼は血を一滴も流さず、立ち上がりました。


「ま、まさか!?　これではまるで、フィアナがあの女に……！」

「私がフィアナ様に見えますか？　アスモデウス」

私は指を噛《か》んで血を一滴、地面に落とし……光の柱を五本同時に出現させます。

そして、光の柱は天空へと銀色の光を放ち魔法陣を形成しました。

光の柱には魔力を高める効果があります。大破邪魔法陣を使ったときも、これに助けられました。

魔法陣によって増幅した魔力によって召喚されたのは黄金に輝く巨大な剣。

これこそがフィアナ様が四百年前にアスモデウスの身体を封印した魔術です。

「黄金の聖剣《エクスカリバー》……！　これで、今度こそあなたを倒します。お覚悟を」

「あ、あ、あれは、よ、四百年前にワシを封じた……」

「もう簡単には復活させません。あなたの魂ごと砕いてみせます」

アスモデウスは天空で輝く、この〝黄金の聖剣《エクスカリバー》〟を見て、腰を抜かしてしまいました。

余程、この魔法で封印されたことがトラウマなのでしょう。

四百年前は魂を砕くことが出来なくて、復活を許してしまいましたが、今度は同じ間違いをしないように、というフィアナ様の強い意志を魔法に込めました。

「フィアナ！　待て！　待ってくれ！　わ、ワシはお前のことを愛しているんだ！　お前さえ手に入れれば地上には何も悪さするつもりはなかった！　自分の身体だってどうでもいいんだ！」

どこか悲愴感がある声でアスモデウスは命乞いのようなことをします。

フィアナ様に対する気持ちだけは本物。それは私が彼に最初に会ったときから感じていました。

「アスモデウス、私はフィアナ様ではありません。あなたは愛に餓《う》えてこのようなことを企てたのかもしれませんが、その行動を聖女として許容することは出来ません」

愛によって突き動かされたという部分も確かにあったのでしょう。情動が原因で周りが見えなくなっているのは、寧《むし》ろ人間的かもしれません。

しかし、仮にそれが純粋な気持ちだったとしても、彼は沢山のものを壊し、命を奪いました。

私には聖女として守らなくてはならない人々がいます。そして、それ以上にフィリア・アデナウアーとして守りたい人たちがいます。

「ちょっと待ってくれ！　フィリアよ、僕を、このユリウス・ジルトニアを殺すつもりなのか？　僕は人間だ！　聖女が人を殺しても良いはずがないだろう？」

私が手を緩めないことを知るとアスモデウスは今度は人間の姿に戻り、ユリウスとして私を説得し始めました。

彼は確かに大罪人ですが、人間です。彼を裁くのはジルトニアの司法であり、あちらの国の事情です。聖女が彼を殺しても良いという法律はありません。

彼はそれをユリウスの記憶を読み取ることで知ったのでしょう。

私がルールに対して頑固なことも含めて。

「よくご存じなのですね。私のことを」

「は、ははは、もちろんだとも。僕は君の婚約者だったのだから。あのときは悪かったな。まぁ、お互いに水に流して――」

「……ですが、アスモデウス。あなたを見過ごすなど出来るはずがありません」

「ぐぎゃあああああ……！」

私は、アスモデウスの声を無視して光の大剣を振り下ろして彼の胸に突き刺しました。

彼は大きな口を開けて断末魔の声を響き渡らせました――。

◆

アスモデウスの魔力は消失しました。

フィアナ様が四百年前にこの術を使ったときは悪魔本来の肉体が邪魔をして魂までを封印することが出来なかったみたいです。

しかし、今回は人間の身体を借りているに過ぎないので、直接魂に対して光の剣を刺すことが出来、その魔力を完全に封じることが出来ました。

目の前には人間の姿を取り戻したユリウスが倒れています……。

「大聖女さんのこと甘い人だと思っていたんだけど、意外と容赦ないのね。投獄中で極刑は免れないとはいえ、刺せないと思っていたわ」

エルザさんは私が命乞いを聞かずに光の剣を刺したことが意外だと言われました。

慈悲の心を持ちなさいと教えられて来ましたから、彼女が甘いと思われているのもその部分なのでしょう。そして、エルザさんの認識も間違ってはいません。

私が悩みもせずにユリウスを刺したのには理由があります。

「うぴゃあっ！　刺すな！　刺すな！　助けてくれ――――！……んっ？　あれ？」

「あ、あいつ、生きていたの？　まさか、まだアスモデウスは……！」

ユリウスがムクっと起き上がって辺りをキョロキョロ見回す姿を見て、エルザさんは驚いた声を出しました。

そして、ファルシオンをゆっくりと構えます。

こ、このままだと確実に彼に斬りかかりそうですね。

「待ってください、エルザさん。彼はアスモデウスではありませんよ。先程の魔法はフィアナ様が開発された、悪魔や魔物の力の源である闇系統の魔力を消失させることに特化した破邪魔法ですから。人間の身体には無害なんです」

私がアスモデウスの主張に耳を傾けなかった理由がこれです。

あれは破邪の力を極限までに高めた光の剣を放つ魔法。ユリウスの身体には無害だと知っていたからこそ、剣をアスモデウスの魂に向けて突き刺すことが出来たのでした。

アスモデウスは自分がどのような術式によって倒されたのか理解していなかったみたいです。

「んっ？　お、お前はフィリア！　よ、よくもこの王子たる僕を剣で刺したな！　そもそも、お前には情というものが欠けているんだ！　何が歴代最高の聖女だ！　笑わせるな！」

意外と元気そうなユリウスは起き上がり、私を確認すると文句を言いました。

大きな光の剣で刺されたのですから、相当な恐怖を感じたのでしょう。

ものすごい剣幕でまくしたてています。

「本当にアスモデウスじゃないのね？　邪気、ちゃんと祓《はら》った？」

「大丈夫です。彼は元々こういう方ですから」

「それが大丈夫じゃなかったからジルトニアはえらいことになったんでしょう?」

ユリウスの様子を見て懐かしく感じるのはパルナコルタでの生活に慣れたからでしょうか。

エルザさんの言うとおり、彼の性格についてもっと私が言及していれば何か変わったのかもしれません。

……いえ、それは思い上がりでしょう。私には誰かを変えるほどの力などありませんから。

ミアがいてくれたから、ジルトニアは窮地を脱した。それだけのことです。


「……本当は僕のことも殺したかったんだろ!? あのとき、殺《や》ろうと思えば、僕ごと殺せたはずだ! 良い子ぶりやがって!」

私が動じていない様子が気に障ったのかユリウスは急に私が彼を殺したがっていたと声を荒らげます。

どうやらアスモデウスに憑依《ひょうい》されていたときの記憶もある程度残っているみたいです。

しかし、だからといってその理屈は――。

「何を言っているのですか?」

「お前は僕を恨んでいるのだろう、と言っているんだ! 殺したいほどな! 知っているんだぞ!」

はて、私が彼を恨んでいる?

思ってもみないことを言われて真剣に考えてみましたが、よく分かりません。

ユリウスを恨んでいるのはジルトニア王国の国民とか巻き込まれた方々とかだと思うのですが。

「私は恨んでいませんよ。パルナコルタ王国で沢山の大切な人が出来ましたから。もちろん、あなたには罪をきちんと償って欲しいと思っていますが」

「ぐぬっ……」

私が彼の疑問に答えると、ユリウスはムッとした顔をして俯《うつむ》きました。

結局のところ、なんと言えば正解だったのでしょう。

恨んでいると言えば気が済んだのでしょうか。


「あっはっはっはっ！　ありがとうな、フィリア殿。俺の心配事が一つ無くなったよ」

「心配事ですか？」

そんな会話をしているとオスヴァルト殿下が上機嫌そうに笑いました。

ええーっと、オスヴァルト殿下の心配事って何でしょう。

解決したのでしたら何よりですけど。

「いや、何でもない。ありがとう。また、フィリア殿のおかげで大陸は救われた。……いや、今度は世界中の国が、かもな」

オスヴァルト殿下はポンと肩を叩いて、私を労《ねぎら》ってくれました。

「そ、そんな、私こそオスヴァルト殿下に助けて頂けなかったら死んでいました。助けてくださってありがとうございます」

ですが、私もオスヴァルト殿下に助けて頂いたことを感謝しています。

あのときの胸の高鳴りを私は生涯忘れないでしょう。

「そんなの当たり前だろ。俺はフィリア殿のことを誰よりも――」

「そろそろ帰るわよ。こんな辛気臭い場所で何やってるの？　もっとムードを考えなさい」

「うっ、エルザ殿。言われてみれば、そうだな。もっと雰囲気くらい考えなきゃ、な」

オスヴァルト殿下が私に何かを言おうとしたとき、エルザさんがそれを引き止めます。

すると殿下もそれに同意して頷《うなず》きました。

また、何かを言いかけて止《や》めてしまいました。凄く気になるのですが、エルザさんの言うとおりこの狭間の世界からは早く帰った方が良いですよね。

ミアや師匠も心配して待っているのですから。

「あれ？　いつの間にか人数が減っていませんか？」

「マモンさんが、事件の被害者をそれぞれ元いたところに送りに行っているんですよ～」

「それはまた、大変なことをされているのですね」

リーナさんによればマモンさんが〝神隠し事件〟の被害者の人たちを元にいた国へと送り返しているのだとか。

まさか、大陸中の国々を行き来出来るなんて思ってもみませんでした。

移動手段がテレポートとは楽ですね。

「ヒマリ殿の故郷のムラサメ王国の出身者もいましたなぁ！」

「私は故郷を捨てた身であるがゆえ。ムラサメは既に私の故郷ではあらず」

パルナコルタ王国の遥《はる》か北東の海を越えた先にあるムラサメ王国はヒマリさんの生まれた国です。

しかしながら彼女は訳あってこちらに来ました。ムラサメ王国の話はヒマリさんにとってタブーだと感じていましたので、ほとんど話題にしていなかったのですが、フィリップさんとの会話を聞くとこれからも話題にしない方が良いみたいです。

「はぁ、はぁ、こっちの王子で最後だ……。お前さんはジルトニアの牢獄《ろうごく》で良かったよな？」

息を切らせながらマモンさんはユリウスに声をかけました。人型の彼はその端整な顔立ちが崩れないように必死に表情を整えています。

本当にこんな短時間に沢山の人を送るなんて凄いです。その分、疲労もかなり蓄積していそうですが。

「す、好きにしろ。くそっ……」

「僕ァ、キレイなお姉ちゃんの悪態は大好物だけどなぁ。こういうクソガキの生意気はちょっといたぶりたい気分になるんだよねぇ」

「ひ、ひぃっ！　ぼ、ぼ、僕は王子だぞ！」

ユリウスはマモンさんに睨《にら》まれて、腰を抜かしてしまいました。

そして、白目をむいて気絶してしまいます。

よほど、マモンさんが怖かったのでしょう。なぜ悪態をついたのか謎です。

「さっさと行きなさい。馬鹿やってないで！」

「へいへい、悪魔使いの荒い姐さんだなぁ」

マモンさんは面倒くさそうに返事をしましたが、ユリウスの服を摑んでそのまま黒いゲートに彼と一緒に入っていきました。

これでユリウスはジルトニアの牢獄に帰ったということになるのでしょう。向こうでは大騒ぎになりそうな気もしますけど。


「クラウス殿のサタナキアは手伝わなくて良いのですかな？」

「レオナルドさん、僕のサタナキアとマモンでは魔力の量が桁違いなんですよ。無茶言わないでください。言ったでしょう？　五人運ぶのが限度だって。それも一日に往復一回が限界なんです！」

肩をすくめながらクラウスさんはマモンさんと自らの使い魔の魔力差について説明をしました。

マモンさんもかなり悪魔の中では上位の存在なんですよね。

アスモデウスが規格外だっただけで……。

「そうとも、僕ァこれでも上級悪魔。魔力の大きさには自信があるのさ。だからこそ、こんなに美人な姐さんに頼りにされてるってわけよ」

「あら、まだまだ元気そうじゃない。あの王子を送ってきたら休ませてあげようと思ったけど、その必要はなさそうね。さぁ、今度はあたしたちが帰る番よ」

「エルザさん、休憩くらい取られても私たちは――」

「良いってことよ。僕ァ美人の頼みだったら地獄の果てにだって運んじゃうんだなー、これが」

「バカ、誰が喜ぶのよ」

いつもどおりのエルザさんとマモンさんのかけ合いを聞き終わったと思えば一瞬でした。

私たちは全員でパルナコルタ王宮へと戻ってきたのです。

無事に大地を踏みしめる感触に戻ってきたことを実感し私たちは歓喜しました。

「帰ってきたんだな」

「こうしてみると感慨深いですね。しかし、アスモデウスが残した爪痕は大きいです」

半壊した王宮が目に入り、私はすぐに現実に引き戻されました。

「壊れたものは直せば良い、だろ？　それは俺と兄上で指揮を執って何とかする。フィリア殿はそれを応援していてくれ」

「応援よりもお手伝いがしたいです。それが性分ですから」

これから王都の復興に忙しくなるでしょう。

私は出来得る限りのお手伝いをさせてもらいたいです。

見ているだけなんて、ストレスが溜まりそうですから。

「フィリア姉さん！　良かった。本当に、良かった……！　無事だったんだね！」

「皆さんに助けられたので。ミアにも心配かけて、ごめんなさい」

「うん！　皆さん、姉を連れて帰ってきてくれてありがとうございます！」

ミアが私に駆け寄って無事を喜んでくれました。

そして、助けに来てくれたみんなに頭を下げます。

この子には随分と心配をかけたみたいです。涙を流すミアを見ていると、胸が熱くなりました。

「ところで師匠はどこに？」

「お義母様《かあさま》は、ええーっと。どこかに行っちゃったみたい……。さっきまではいた気がするんだけどなあ？」

師匠は近くにはいないみたいです。色々と話したいことがあったのですが……。

私の本当の母親が師匠であることだけでなく、もっと沢山のことを。

「そう悲しそうな顔をするな。ヒルデガルト殿も何の挨拶も無しにジルトニアには帰らないさ。あの人はそんな無責任なタイプじゃない。心を整理させているだけだよ」

「そうですね。師匠のことを信じます」

オスヴァルト殿下は優しく声をかけてくれました。

どうやら、私が何を望んでいたのか伝わっているみたいです。

師匠、まずはゆっくりと話しましょう。リーナさんから美味《おい》しい紅茶の淹《い》れ方を学びましたから、お茶でも飲みながらゆっくりと――。

◆

いつもどおり、日が昇る前に起きた私は庭で日課の鍛錬を行います。

改めて昨日の出来事を思い出すと何だか何日も国を空けていたのかと思うほど濃い一日でした。

まさか狭間の世界というところに行くことになるなんて……。

アスモデウスとの決着がつき、無事にパルナコルタへ戻って来られたことは奇跡です。

ただ、聖女国際会議《セイントサミット》は一日で終了となってしまいました。

一瞬とはいえ、大破邪魔法陣が解けてしまっていますので、各国でトラブルが発生したと考えられたからです。

エルザさんに睨まれてマモンさんはここでも各国の聖女たちの帰還を手助けして差し上げていました。

最後にエルザさんは「もう会うことはないわ」と仰《おつしや》っていましたがどうなのでしょうか。

人生なんてわからないものですし、また会える気もしているのですが。


「やはり昨日の魔力は一時的なものだったみたいです」

魔力を集中させて高めてみます。

思ったとおり、アスモデウスと決着を付けたときほどの魔力は引き出せませんでした。

一時的にとんでもない量の魔力が内在したので、器自体はほんの少しですが広がった気がします。

自然界のマナを集めて体内に取り込めば、今まで以上の力が出るかもしれません。

それだけ、あのときの経験は強烈でした。

フィアナ様に近付くのは無理かもしれませんが、あのときの記憶を頼りにこれから精進していきましょう。


「……師匠も鍛錬ですか？」

「ええ、私も現役に復帰しましたから。……以前よりも魔力の流れがスムーズになりましたね。毎日鍛錬を欠かさずに行っているようで安心しました」

「毎日しないと落ち着かないんです。もう習慣になっていますから」

狭間の世界から戻った直後には姿が見えなかった師匠ですが、その日の夜になって姿を見せました。

そして色々と話し合った結果、ジルトニアにはミアが一人で先に帰還することになり、彼女は昨日パルナコルタを後にしました。

私と師匠が話を出来るように彼女が気を利かせてくれたのです。昨夜は特に何も話せずに終わりましたけど。

改めてアスモデウスが言い放った事実を頭に思い浮かべます。

師匠が私の本当の母親であるという話。それを聞いたときの心境。

そして、あのときの師匠の顔。「お母様」と呼べない自分の弱さ。

「……聖女の修行としてあなたと関わるようになって、いくらでも真実を告げるチャンスはあったと思います。にもかかわらず、ずっと黙っていて申し訳ありません」

精神集中を終えた師匠はゆっくりとした口調で私に頭を下げて謝罪しました。

ジルトニアで私と師匠が共に過ごした期間はかなり長いです。

聖女になるための修練のほとんどは師匠から言い渡されていますし、聖女になってからも引退するまでの間は先輩として指導をしてくれていました。

彼女から課せられた修行はどれも過酷で、何度も挫《くじ》けそうになるほどでした。

ですが、その中に優しさがありました。どんな環境でも耐え抜いていけるという自信もつきました。

師匠から鍛えてもらえなかったら私はここまで聖女としてやっていけなかったでしょう。

「師匠、頭を上げてください。ミアから事情を聞きました。あの子からすると言い難《にく》い話だったと思いますが」

私が生まれる前、師匠はアデナウアーの本家から冷遇されて、最終的に追い出されたと。

しかし、本家に聖女になれる女児が生まれず、困った私の祖父は師匠から生まれたばかりの赤ん坊を無理やり奪い取り、本家夫婦の子として育てるようにしたという何とも言えないようなお話。

それが私の出生にまつわる話だとミアから聞いたのです。

「私は師匠から沢山のことを教わりました。聖女としてだけではなく、人としてどう生きるのかということも。今、私がこうしていられるのは師匠のおかげです」

「しかし、私はあなたに与えるべき母親の愛情を――」

「頂いていますよ。それはもう、数え切れないくらい。師匠がお母様で嬉しかったと思ったのは、私が最も尊敬している理想の聖女がヒルデガルト・アデナウアーだったからです。この身体も、この力も、人生も、全て宝物ですから。宝物を渡してくれたのが自分の母親だと知ってとても嬉しかったのです」

何度も挫けそうになったことはありました。

涙を流して歯を食いしばり、耐えなくてはならなかったことも。

ですが、努力を重ねて、辛くても前を向き、突き進むことを師匠が背中を見せることで教えてくれたから、私はこうして頑張れるのです。

師匠はどんなに辛い特訓も、自らの実践を見せていました。

私の行き先には必ず師匠がいたのです。道に迷わないように、高い目標であり続けてくれました。

そんな憧れの存在が母親だという事実からは、喜ばしさしか感じられません。

ずっと欲しかったものが手に入った、と思いました。

「あなたは既に私などを大きく上回っています。弟子が師匠を超えるということは本懐です。母親らしいことが出来ない代わりに、全てを教えようと思いましたが、もうそれも出来ません。フィリア、あなたこそ理想の聖女です」

師匠はもう自分が教えられることはないと言います。

確かに魔法などの技術面や心の持ち方などの精神面は全て教えて頂けたと思っています。

ですが、それだけです。師匠は私の理想ですし、まだまだ背中を追い続けたい目標です。

それに私は――。

「師匠、いえ、お母様！」

「――っ!? あ、改まってなんですか？ わ、私は今さらあなたの母親ぶることなんて――」

「お母様。私はお母様に教えてもらいたいことがまだあります。昨日からずっと気になっていたことです」

「気になることですか？ あなたなら大体のことは知っているでしょう。私が教えるようなことはもう無いと思いますが」

ヒルデガルト・アデナウアーが実の母親だと知って、気になることが出来ました。

それをどうしても知りたいと思ってしまったのです。

ここで聞いておかなくてはもう答えてもらえない気がしましたので、勇気を持って質問することにします。

「私の実のお父様のことです。どんな人だったのか、どうやって出会ったのか、出来るだけ詳細に教えて頂けませんか？」

「あ、あなたの父親のこと？ 出来るだけ詳細に……、ですか？ そうですね。当たり前の質問なのかもしれませんが、何故か想定外でした。あなたがあまりにも普通の質問をするので」

え、えぇーっと、私が自分の父親について質問することってそんなに変ですか？

不思議です。こんなにも驚かれた顔をされるなんて。

もしかして、私のこと変わった質問をする人だと思っていらっしゃったのでしょうか……。

そして、ゆっくりと師匠は話し始めました。

「あなたの父親は治癒術師ですよ。怪我を治す腕は確かでした。流行《はや》り病《やまい》にかかって亡くなりましたが、最期まであなたのことを気にかけていました」

父親は治癒術師でしたか。私が治癒魔術が得意なのはもしかしたら、父親譲りなのかもしれませんね。

どこをとっても興味深いです。亡くなる前も私のことを気にかけてくれたという話も、心に響きました。

優しい人柄の方だったのでしょうか？

私は自分の父親の話を聞くことが出来て嬉しくてもっと聞きたいと思っているのですが、師匠、いえ母は気恥ずかしそうな顔をして黙っています。

「……あの、それだけですか？」

「えっ？　それだけって、どういうことです？」

「ですから、いつどこでどんな出会い方をして、どのような付き合いをした上で、結婚をしたのかと、説明を求めています。詳細にとお願いしたのですが……」

まさか、このような簡単な説明で終わるはずはないと思ったのですが、どうやらそのつもりだったらしく、母は今までに見たこともないくらい動揺していました。

常識的に考えて、赤ん坊のときから会っていない父親の話をこれくらいで終わらせるなんてあり得ません。

もしかして私の口下手は母親譲りなのでしょうか。

「思った以上にグイグイ来るのですね。ミアかと思いましたよ」

「ミアには話したのですか？」

「あの子には遠慮という言葉がありませんでしたから」

ミアに話したのでしたら、尚更《なおさら》私にも聞かせてほしいです。

どんな他愛のない話でもいいのです。これからの人生を歩む上でそういった話がまた宝物になるのですから。

「そうですね。観念することにします。元より、あなたの望むことは何でもするつもりでしたし」

母は苦笑いしながら、話し始めました。どうやって父に出会って、恋に落ちたのか。そんなお話を。

いつの間にか日が昇り、リーナさんが紅茶を淹れてくれ、彼女も話に加わりました。

彼女は核心をつく質問が上手く、話は大いに盛り上がります。

さらにランチタイムになると今度はレオナルドさんが食卓を埋め尽くすくらいのご馳走《ちそう》を用意して私たちを呼びに来ました。

「お口に合いますかな？　フィリア様から魚料理がお好みだと聞きましたので、このレオナルド、腕によりをかけて真心を込めて作りました」

「レオナルドさ～ん、お昼から腕によりをかけすぎですよ～。太っちゃいます～」

「リーナ殿、心配召されるな。フィリア様はあれで大食漢であらせられる」

「え～～？　フィリア様はそんなに沢山食べませんよ～～」

「ひ、ヒマリさん、あれは修行で沢山の量の食べ物を口にしてエネルギーに変換する術を――」

「なんと、そんな術があったとは知りませんでしたな！」

今日はレオナルドさんが腕をふるって、ご馳走を作りました。

ミアやエルザさんたちが帰られたことを知らなかったらしく、大量の食材が余ったのでとにかく量が多いです。

賑《にぎ》やかな食卓にもいつの間にか慣れていました。そして食事が楽しいと感じることも。

「フィリア、あなたは良い人たちに恵まれましたね。パルナコルタへと送られたことを聞いたときは心配しましたが、今のあなたを見ると杞憂《きゆう》だったとわかります」

「はい。皆さんには毎日感謝しています。私がこの国のために聖女としての務めを果たせるのも皆さんのおかげですので」

私は母の言葉に同調してリーナさんたちへの感謝の言葉を述べました。

小さなことで幸せを感じる毎日。

出会いが新たな出会いのきっかけとなり、それが連鎖して絆《きずな》が繋がる。

今日、母の話を聞いて私は両親の愛を受けて生まれてきたことを知り、また一つ大事なモノを手に入れました。

◆

アスモデウスの爪痕は王宮だけに留まらず王都全体にまで及びました。

巨大な竜巻と大洪水、さらには大火事、思いつく限りの災厄が通り過ぎたような、そんな被害が目前には広がっており、私も聖女として復興に尽力しております。

「フィリア様！　瓦礫の処理は我ら騎士団にお任せあれ！　ここ一週間、働き過ぎでございます！　どうぞ、お休みください！」

しかし、瓦礫の山を魔法を使い処理していましたら、フィリップさんにそれを止められました。

どうやらまた私はやり過ぎてしまったみたいです。仕事を奪うつもりはないのですが、何かやれることが見つかると動いてしまうのは悪癖ですね……。

かの方にもそれで疎んじられましたし。

「すみません。フィリップさんのお仕事を取るつもりはなかったのですが」

「何を仰います！　私たちは皆、フィリア様の勤労意欲に心を打たれております！　なればこそ！　我々も我々に出来ることを力の限り行いたいと動いているのです！」

フィリップさんは大きな声で胸を張り、自分たちが私に触発されたと言いました。

どういうことなのかよく分かりませんが、ここはフィリップさんたちに任せておいた方が良さそうですね。

「それでは、よろしくお願いします」

「お任せください！」

彼はきれいな敬礼をしてみせました。そして、その逞《たくま》しい体軀《たいく》を活《い》かして復興作業に当たります。

さて、これからどうしましょうか。約束の時間にはまだ早いのですが……。


王宮は半壊しましたが、無事だった一角にライハルト殿下は復興推進本部を作り、責任者として雑務に追われていました。

私は今日、ライハルト殿下に狭間の世界での出来事などを報告に行くことになっています。今後、似たようなことがないとは限りませんから、公式に調書を取りたいとのことでした。

夕方からというお約束ですが、まだお昼過ぎ。一度家に戻ってから赴くことも考えましたが、先触れを出すとライハルト殿下は予定を早めても良いと仰せになられたとのことでしたので、そのまま殿下のもとへと向かいます。

ライハルト殿下とお話しするのは、聖女国際会議《セイントサミット》の日以来です。

「わざわざご足労頂いてありがとうございます。フィリアさん」

「こちらこそ、お時間頂いてありがとうございます。ライハルト殿下、アスモデウスの件、ご報告に参りました」

執務室でデスクの前に腰掛けていたライハルト殿下は立ち上がり、応接用のソファーに腰掛けるように促しました。

爽やかに微笑《ほほえ》みながら、殿下は私の対面に腰掛けます。ミアの話だとオスヴァルト殿下たちが狭間の世界に行くことをクラウスさんが頑《かたく》なに許さなかったときに、ライハルト殿下はクラウスさんに頭を下げられたとのことでした。

それを聞いた私はジルトニアの危機に駆けつけようとしたときのことを思い出します。あのときとは真逆の判断をどうしてされたのか疑問に感じたからです。

無論、あのときのライハルト殿下の判断が誤りだとは思っていませんが……。

狭間の世界での顚末《てんまつ》を殿下に報告しながら私はそんなことを考えていました。

「弟がフィリアさんのお役に立てて何よりです。実は少しだけ心配していました。オスヴァルトがあなたにご迷惑をかけたのではないかと」

話が一段落した後に、ライハルト殿下は紅茶に口を付けられて、そんなことを仰せになりました。

迷惑も何もオスヴァルト殿下には、ただただ、助けられただけです。殿下が来てくださらなかったら、きっと私は負けていたでしょう。

「オスヴァルト殿下が助けに来てくださって私はどれだけ心強かったか。戦力はもちろんですが、それ以上に精神面で大きく助けられました」

私はライハルト殿下に素直な感想を述べました。オスヴァルト殿下の活躍は誇張していません。あの方のおかげで今の私がある。それは純然たる事実でした。

「そうですか。フィリアさんは精神的にお強い方だと思っていましたが、不安になることもあるのですね」

「はい。強くありたいと思ってはいますが」

私もライハルト殿下の仰るとおり、精神面はかなり鍛えられた方だと自負していました。

ですが、守りたいと思う人たちが増えれば増えるほど、私の弱さと向き合う機会も増えたように思います。ですが、それがことさら悪いこととは思えなくなっていました。

「なるほど、そんなあなたの精神的な支柱に我が弟はなれたということですか」

「仰せのとおりです。ライハルト殿下がクラウスさんを説得してくださったと妹から聞きました。殿下の心遣いにも感謝しております」

当たり前ですが、ライハルト殿下に私はお礼の言葉を述べました。

殿下の嘆願があればこそ、クラウスさんも心を動かされたと聞いていましたから。

「フィリアさん、私にとって国が全てです。聖女とは国の繁栄の要だと思っております。つまり、私にとって聖女とは最も優先して保護すべき対象だと認識しておりました」

私がライハルト殿下に感謝の言葉を告げて、数秒の沈黙のあと殿下は聖女に対する認識について語られました。

ライハルト殿下のお考えは存じています。だからこそ、エリザベスさんと婚約しており、そして私にも求婚をされた。

しかしながら、今の殿下の心の内はそれだけでないと私は感じております。決して事務的で淡白な気持ちだけでは、ないと。

「エリザベスはフィリアさんほどの力は無くとも懸命に努力して、病に臥せるまで聖女としての務めを果たしていました。そして、あなたも常に前を向いて聖女としてのあり方を身を以《もつ》て示してくれました」

「そこまで、大仰なことはしていませんよ」

「いえ、そのひたむきさに私の心が動かされたのは事実ですから」

ライハルト殿下は私やエリザベスさんのひたむきな姿に心を動かされたと口にします。

頑張ろうとする姿勢を評価して頂いたということでしょうか。

「フィリアさん、あなたの強さに私は惹《ひ》かれていました。これは本当ですよ。あなたは自分の能力に溺れずに常に研鑽《けんさん》を怠らずに前に進んでいましたので」

ライハルト殿下の言葉はいつもよりも熱量を帯びているように感じます。

本音を仰っているように聞こえたのです。

「だからこそ、その強いあなたの弱さを受け止める自信もなくなってしまいました。これは私の人生の中で最も情けない話です」

「ライハルト殿下……?」

「フィリアさん、あなたを支える者として私は相応《ふさわ》しくありません。相応しくない者が婚約し、結婚をすることは国益を損ねる結果になります。私は何よりも国の繁栄を第一に考えねばなりませんので」

えっと、つまりどういうことですか？　ライハルト殿下が私の弱いところを受け止める自信がないと仰せになられて、国益の話をされて……。

まとめると、私と結婚することが国の繁栄の妨げになると仰っているように聞こえるのですが。これはどう受け止めれば良いのでしょうか。

「まだお返事を頂く前でしたので、お許しを願ってもよろしいでしょうか？」

「お許しとは何のことでしょう？」

「……フィリアさんへの結婚の申し込みについてです」

あれはライハルト殿下と二度目に会ったときだったでしょうか。

殿下はきれいな花束とともに、私に求婚をされました。あのときはまだこちらに来てそれほど時間も経《た》っておりませんでしたから、それはもう驚いたことを覚えています。

そして殿下は今、それを取り消したいと述べられました。ライハルト殿下のお人柄から考えると、それは異例中の異例だと思います。

「申し訳ありません。決してフィリアさんの気持ちをもてあそぶつもりはなかったのですが……」

「で、殿下、あ、頭を上げてください。謝らなくてはならないのは私の方です。あのときから随分とお待たせしていましたので。実は今日、お返事をと考えておりました」

私もライハルト殿下の求婚について忘れていたわけではないのです。

ずっと考えてはいたのですが、あれから故郷のジルトニアのことがあったり、アスモデウスの一件があったりして、お返事のタイミングを逸しておりました。

深々と頭を下げるライハルト殿下に私は謝る必要はないと口にしましたが、殿下は頭を上げられません。

「お返事をされるおつもりなら尚更、申し訳ありません。……私は身勝手な都合でフィリアさんに余計な心労をかけてしまいました。弟と同じく私もあなたには何も不自由はさせまいと誓っていたのですが」

「殿下、私は不自由など感じていません。ライハルト殿下の計らいに助けられたと思っています。この国に迎えられてありがたいとも。お願いします。頭をどうか上げてください」

「……すみません。少し取り乱しました。そう仰って頂けて救われた気持ちです。ありがとうございます」

ライハルト殿下はようやく頭を上げられて冷めてしまった紅茶に口をつけました。

どこか寂しそうな表情をされています。

もしかして私が心苦しい返事をしないようにと気を遣われて先に求婚の話をなかったことにしようとされたのでは……？　殿下のぎこちない笑顔を見て私はそう感じましたが言葉には出しませんでした。

「やはりあなたを我が王国にお呼びしようと提案したのは正解でした」

「私の方こそ、殿下のおかげでこうして大切な方々とお茶を飲める幸せを知りました」

「フィリアさん、くれぐれもこの国のことをよろしくお願いします」

「はい。聖女としてだけでなく、大切な国の一員として精一杯、務めを果たさせて頂く所存です」

ライハルト殿下からのその言葉は以前にも同様の言葉を頂いた覚えがあります。

ですが、私はあのときよりも胸のうちに響くような感覚を覚えていました。

それは恐らく、パルナコルタ王国への愛情の大きさがライハルト殿下のそれに近付いたからかもしれません。

殿下は誰よりもこの国を愛しておられます。そんな殿下の言葉の重みをより強く感じることが出来るようになったからこそ、私も聖女としてだけではなく、国に生きる者として応えようと思うようになりました。

パルナコルタの紅茶の味に慣れ親しんだことを実感しながら、私はライハルト殿下としばらく雑談をして過ごしました……。

エピローグ

epilogue

「やはり少々派手な気がしますが……」

鏡の前で私は自分の姿を見て、身につけている衣服が似合わないのではないかと疑問を述べます。

見苦しくなければ何でも良いと考えていたのですが、リーナさんに選んでもらった衣類はいつもと系統が大きく違いました。

「さすがミア様です～。フィリア様がどんなファッションが似合うか、流行も考慮して百点満点のものを選んでいます～」

ミアがこちらの国に来たとき、以前プレゼントした髪飾りのお礼にと衣服を渡してくれました。

大事なときに着られるようにフォーマルなドレスだと聞いていたのですが。

私が買い物して絶対に選ばないタイプの色合いでして。身につけてみると、とにかく違和感しかありません。

ミアが着れば映えると思うのですが、私はこういう感じのドレスを着ると笑われるのではないかと不安です。

「オスヴァルト殿下もきっとフィリア様に見惚《みと》れて食事どころじゃありませんね～」

「リーナさん、からかわないでください。……しかし、殿下は本当に変だと笑わないでしょうか？」

リーナさんはニコニコしながらオスヴァルト殿下の反応を予想します。

そう、これから私は殿下と食事をします。

聖女国際会議《セイントサミット》が終わったら行こうと約束しておりましたが、王宮が半壊してしまったので、すぐには行けませんでした。

殿下も復旧作業の指揮に忙しくされていましたので。

あれから一月が経過してようやく少しだけ落ち着いた、ということでお誘いを受けたのですが……。

どうしましょう。とても緊張します。

何故《なぜ》、食事をしに行くだけでこんなにも鼓動が速くなるのでしょう。

それにどうして、着ていく衣服もこれで大丈夫なのか気になるのでしょうか。

「笑うはずがないじゃないですか～。お似合いだとお褒めになるに違いありませんよ～」

「そ、そうですかね？　本当にオスヴァルト殿下は似合うと仰せになりますか？」

「はい！　絶対に大丈夫です～。ミア様のセンスを信じましょう～」

私の質問に対して自信満々に頷《うなず》くリーナさん。

彼女がここまで仰《おつしや》るのでしたら、大丈夫なのでしょう。

ミアもオシャレだと周りの方に言われていましたし。あの子のセンスは信頼出来ます。

安心して良い。安心するべきなのですが……。

「やっぱり不安です。玄関がいつもよりも遠く感じます」

「はっはっは、フィリア様もお若いですなあ。楽しそうで何よりです」

「レオナルドさん、笑い事ではありません」

着替えが終わって出発しようと足を向けるのですが、足取りが途端に重くなります。

オスヴァルト殿下には会いたいですし、食事もしたいのに、矛盾しているのです。

これはどういうことなのでしょうか。レオナルドさんは微笑《ほほえ》ましいものを見るような目でこちらをご覧になっていますが。

「これは失礼しました。フィリア様が年相応の顔をされたのが珍しくて、安心したのです。いつも達観されておられましたから」

「年相応の顔ですか？」

レオナルドさんは私が年相応で安心したとよく分からないことを述べます。

年齢とかけ離れた顔をしていたなんて考えてもみませんでした。

「ええ、そのとおりでございます。大事な殿方との食事を前に緊張されるのは至極自然なことです。このレオナルドも昔は――」

「フィリア様、レストラン〝バーミリオン〟までの道中、曲者《くせもの》の姿は見当たりませんでした。何かありましたら、この私が排除するゆえ、今日はごゆりとお楽しみください」

レオナルドさんの声に被《かぶ》せるようにヒマリさんが現れて、怪しい人がいなかったことを報告します。

いいえ、そういうことを不安がっていたワケではないのですが、彼女の気遣いは素直に嬉《うれ》しいです。

とにかく行きましょう。勇気を振り絞ってというのもおかしいですが、とにかく私は殿下の待つレストラン〝バーミリオン〟へと向かいました。

「オスヴァルト殿下、お待たせして申し訳ありません。時間どおりだと思ったのですが……」

約束の時間より少し早めに着いたつもりでしたが、既に殿下は到着していました。

もしや時間を間違えていた？　いえ、何度も手紙は読み返しましたし、それはないのだと信じたいのですが。

「いや、俺が早く到着しすぎてしまっただけだから気にしないでくれ。……おっ!?　なんか新鮮な感じがするな、フィリア殿の格好」

「やっぱり変ですよね？」

時間には遅れていなかった様子なのでホッとしましたが、オスヴァルト殿下は私の衣服に違和感があるみたいです。

リーナさん、どうしましょう？　変みたいですよ。

ミアが着れば似合うと思いますけど、私にこういったのは――。

「はっはっは、変なはずあるか。とても似合っている。まぁ、フィリア殿はいつもきれいだけど……、思わず見惚れてしまったよ」

「えっ？　そ、そのう。見惚れたっていうのは」

「フィリア殿は美しいってことだ。楽しい食事になるのは間違いない。それに、そのブローチ。付けてきてくれたんだな。嬉しいよ」

オスヴァルト殿下がプレゼントしてくださったブローチを付けることを大前提としてリーナさんが色合いを合わせてくれたのですが、殿下は笑って私の衣装を褒めてくださいました。

大袈裟《おおげさ》に仰っているだけだと思いますが、その言葉は心に強く突き刺さり、足の指先まで熱くなります。

体調でも悪いのでしょうか。病気にはなったことがないので分かりません。

「この店は大陸中で手広く商売をしているアーツブルグ王国の貴族の店でな。今年からこの国でオープンしたんだが、ジルトニア料理もパルナコルタ料理も、評判が良いんだ」

「バーミリオン財閥ですよね。貴族にもかかわらず特例で商人になったという。今は五代目でしたっけ」

他愛もない話をしながら私たちはコース料理を楽しみます。

何でもない会話が楽しいと思えるようになったのもこちらの国に来てからでした。

無駄な時間と捉えていた以前の自分が勿体《もったい》ないことをしていたと今は感じられるようになりました。これが変化というものなんですね。

オスヴァルト殿下はそれが当たり前のことだと仰せになられていましたが。

「あ、あの、よろしければこれを、受け取って頂けませんか？　このブローチと先日助けて頂いたお礼に作ってみたのですが」

私はオスヴァルト殿下にラッピングした小箱を渡しました。

アスモデウスの一件などがあって中々作れなかったお返しが、ようやく完成したのです。

気に入って頂けると良いんですが……。

「お礼？　立派な槍《やり》を作ってもらったし、気を遣わなくても良かったのに……。開けても良いのか？」

「もちろんです」

「おおっ！　これは懐中時計か！　蓋の装飾が凝っていて美しいな！　これをフィリア殿が作ってくれたのか!?」

オスヴァルト殿下は私が作った懐中時計をご覧になって目を見開いて笑います。

太陽をモチーフにした黄金の懐中時計。殿下のことを想《おも》うと、何故か太陽を思い浮かべてしまったのです。

殿下のきれいな金髪をイメージして上蓋には黄水晶をはめ込みました。なぜ時計なのかというと、私にとってオスヴァルト殿下との時間はかけがえのない宝物で、先日のブローチのお礼というよりそちらのお礼がしたかったからです。

「フィリア殿！　ありがとう！　ずっと大切にするよ！」

このときのオスヴァルト殿下の笑顔を見て、私はこれが見たかったからこの懐中時計を作ったのかもしれないと思いました。

殿下の笑った顔を見ると胸が高鳴るのですが、気付けばそうなることを望んでいるのです。

プレゼントを渡すという目標を達成した私は再びオスヴァルト殿下と雑談を楽しみました。

「そういえばマモン殿が言っていたとおり、ジルトニアの牢獄《ろうごく》にユリウス殿とアデナウアー夫妻は戻っていたそうだ。疑ってはいないだろうが、一応報告しとく」

マモンさんからは彼らが元いた場所に帰して来たと聞いていましたが、その辺りの裏も取られていたのですね。

ユリウスの極刑は既に決まっていたとのことですから、そう遠くないうちに刑が執行されるのでしょう。

「フィリア殿、聞きたいことがあるのだが」

「聞きたいことですか？　どうぞ、何でも仰ってください」

メインの皿が下げられた頃、オスヴァルト殿下は改まって、私に質問があると言われました。

いつも以上に真剣に、それでいて迷っているような表情をされています。

どうしたのでしょう？　そんなに聞きにくいことなのでしょうか。

「あのとき、ユリウス殿を恨んでいないと言っていたが本当なのか？　この国に来る運命になったことを嫌だったとか思わなかったのか？」

殿下はアスモデウスを討伐した直後のユリウスへの言葉について言及しました。

そのことについて、何故オスヴァルト殿下が？　そういえば、殿下は最後まで私の件について反対していたとヨルン司教が言っていましたね。

彼の琥珀《こはく》色の瞳が微《かす》かに潤んでいるように見えます。

ここは私なりにきちんと回答をしなくては。

「恨んでいませんよ。もちろん、最初にユリウスからその話を聞いたときはショックでした。でも、今はパルナコルタが好きですし、オスヴァルト殿下が負い目を感じる必要は全くありません。むしろ止《や》めてください」

あの日、ユリウスから婚約破棄されて隣国に売り渡すと言われたときはかなり心が沈みました。ずっと頑張ってきたことを全否定された気がしましたから。

ですが、この国に来て大切な人たちが出来ました。

それは私にとって劇的なことです。そして、今ではパルナコルタ王国の聖女としてこの身を捧《ささ》げたいと心から願っています。

「そうか、ありがとう。フィリア殿が来てくれて、本当に感謝している。……よしっ！」

「えっ？　オスヴァルト殿下？」

殿下はグラス一杯のワインを一気に飲み干しました。

何やら決意したような声を出していましたが、どうして一気飲みをされたのでしょう。

空のワイングラスをテーブルに置いて彼は呼吸を整えていました。

「一気飲みは身体《からだ》に悪影響らしいですよ。前に本で読みました」

「あ、そうなのか？　はは、じゃあ気を付けなきゃな。これに頼るのも格好悪いし」

苦笑いしながらオスヴァルト殿下は私の言葉を受け止めます。

何かズレたことを申したのかもしれません。殿下はワインをもう一度グラスに注いで、それに頼ろうとしていたと声に出しました。

「大切な話があるんだ」

その声は低くて静かでしたが、迫力がありました。

私はオスヴァルト殿下をまっすぐに見ます。そうしなくてはならないような気がしたのです。

「フィリア殿、俺はフィリア殿のことを誰よりも大切な人だと思っている。……君のことを一人の人間として愛しているんだ。フィリア・アデナウアー、頼む、俺と結婚してほしい」

「…………」

このとき私はどんな顔をしていたのでしょう。

頭の中は情報の整理で追いつかず。体温はグングン上がってさらに混乱が増して、気付いたときには目から涙がこぼれていました。

呆然《ぼうぜん》と言葉も発せずに時間だけが経過します。

何か、何か言わなくては――。

「あ、あの、フィリア殿!? ご、ごめん、悪かった! まさか、泣かせてしまうとは……。そりゃあ、いきなりすぎたよな。兄上じゃないんだし。今のは忘れてくれ!」

オスヴァルト殿下は焦ったような表情で今の求婚の言葉を忘れて欲しいと仰せになりました。

泣いていますよね。私、涙が出ていますから。

何故、こうなってしまったのか。答えはもう出ています。

「違います。オスヴァルト殿下、違うのです。これは嬉しいから泣いてるんだと思います。恐らくですが……。人は嬉しくても涙腺が刺激されて涙を流すと、書物で読んだことがあります」

私はオスヴァルト殿下からの求婚が嬉しくて仕方がなかったのです。

だから私は泣いています。嬉しくて涙を流したのは初めてですが、きっとそうに違いありません。

「嬉し泣きを冷静に説明する人を初めて見た。だけど、フィリア殿らしいな。俺はそういうところも好きなんだ」

「へ、変なところをお好きなのですね……」

「人を好きになるってそういうもんだと思うけどな。……フィリア殿、改めて言わせてもらうぞ。俺と結婚してくれ！　同じ人生を、同じ未来を、一緒に過ごしたいんだ！」

今度は私の側《そば》まで歩み寄り、跪《ひざまず》いてオスヴァルト殿下はプロポーズしました。

もう一度、求婚の言葉を述べた殿下の顔を見たとき、自分がどんな顔をしていたのか、鏡を見ていなくても分かりました。

このとき、私は笑っていたのです。人生でこんなにも嬉しいと思ったことがありませんでしたから。

「ふつつか者ですが、よろしくお願いします」

世界が変わったような気がしました。そして何もかもが輝いて見えます。

この国に来るまで妹のミアを愛《いと》しいと思うことはあれど、誰かを想い苦しくなるほど胸が高鳴ることも、笑った顔が見たいと思うこともありませんでした。そう思えたのは私が殿下のことをお慕いしていたからなのだということに、ようやく気付いたのです。

あの日、オスヴァルト殿下はこの国を愛してほしいと私に声をかけてくれました。そして、それからずっと私の側でどんなときも太陽のように私の心を照らし続けてくれたのです。

オスヴァルト殿下。殿下は、私が一番欲しかったものをくれました。

そんなあなたと、私も共に未来を歩んでいきたいです――。

番外編

Extra edition

〜とても優しい小さな事件〜


オスヴァルト殿下から退魔師なるものがダルバート王国からこちらに派遣されると聞いた私は、退魔師という人たちについて調べようとダルバート王国の文献を漁《あさ》っていました。

「フィリア様〜、フィリア様〜、緊急事態です〜！」

いつものように忙《せわ》しなくリーナさんの足音が聞こえます。

緊急事態とは何でしょう？　まさか、〝神隠し事件〟に関連した何かが？

私は書庫から出ようと扉を開くと、リーナさんが焦った顔で立っていました。

「何かありましたか？　そんなに慌てられて」

「た、大変なんです〜、ね、猫が、子猫ちゃんが、庭で一番高い木に〜！」

「えっ？　こ、子猫ですか？　一番高い木というのは……」

「と、とにかく、一緒に来てくださ〜い！」

時は一刻を争う。リーナさんはそう言いたげでした。

彼女は私の手を摑《つか》むと走って庭まで出ます。

すると、護衛で来てくれていたフィリップさんを始めとするパルナコルタ騎士団の面々が木を取り囲んで立っていました。

フィリップさんは、腕を組んで何やら考え事をしていますね。

「あの、何かありましたか？　緊急事態だとリーナさんが言っていますが」

「やや！　フィリア様！　緊急事態というほどではないのですが、少々トラブルが！」

フィリップさんに話しかけると彼は真剣な眼差《まなざ》しでトラブルが起きたと話します。

緊急事態ではないとしていますが。この辺りはリーナさんと認識に齟齬《そご》が生じていますね……。

「フィリップさ～ん！　緊急事態ですよ～！　猫ちゃんがあそこから降りられないのですから～」

「むむっ！　これは失礼した！　リーナ殿が言うとおり緊急事態でした！」

リーナさんが指差す方向を見ますと庭で一番高い大木の小枝の先で小さな白い子猫が立ち往生しています。

これは大変ですね。早く助けませんと。さっそく私は木に登って子猫を救出しようとしました。

確かに屋敷よりも高い大木ですが、これくらいなら登って飛び降りることくらい平気です。

子猫の安全に気を配って驚かせないようにゆっくりと静かに登ろうとしますが……。

「フィリア様！　何をされるおつもりで!?」

「子猫を助けるために、木に登ろうとしただけですけど」

木に足をかけて登ろうとするとフィリップさんが慌てて駆け寄ります。

急がなくてはあの子が危険ですから早く登りたいのですが、何か他に困り事でもあるのでしょうか。

「なりません！　フィリア様が木に登って転落したら大変です！　我々護衛の面目もたちません！」

「大丈夫です。修行時代は鋼鉄の箱を担いで断崖絶壁を登った経験もありますから」

「それでも駄目です！　猿も木から落ちるということわざがありますから！　万が一がございます！」

どうやらフィリップさんとしては私にちょっとでも危険が及ぶ可能性があることをして欲しくないみたいです。

かなり強めにオスヴァルト殿下とライハルト殿下から命じられているらしく、彼の意見を曲げるのは困難そうでした。

「では、ジャンプしましょうか？　あの枝先くらいまででしたら、跳躍して何とか届きそうです」

それならばもっと安全な方法をと、私はジャンプして救出する案を出します。

木から転落することもありませんし、これなら問題ないかと思うのですが……。

「着地失敗の可能性があります！　それに子猫が驚くかもしれません！　あまり人間離れした跳躍を見せられると！」

「そうですか……、なるほど」

着地失敗の可能性は限りなくゼロに近いと断言出来ますが、驚くかもしれないという可能性は捨てきれませんね。

どうやら私が思っている以上に難しいみたいです。

「フィリア様、申し訳ございません〜。私が高所恐怖症じゃなくて、フィリップさんの顔が怖くなければ、どちらかが木に登って猫ちゃんを助けるのですが〜〜」

「くっ、武人として威圧感があると陛下よりお褒め頂いたこの顔が！　よもや、ここに来て足を引っ張ることになるとは！」

リーナさんは涙ぐみ、フィリップさんは地面を叩《たた》いて悔しがり、子猫が救出出来ないと嘆いていました。

やはり私が、とも思ったのですがそれも許されませんし。

「他の方で、出来そうな方はいないのですか？」

「騎士団の方って大体顔が怖いんですよ〜」

「それは騎士団の方々に失礼ですよ、リーナさん」

「いえ、フィリア様！　リーナ殿の言うとおりです！　我らパルナコルタ騎士団は国の敵を倒すことのみを考えて鍛錬を積んだ精鋭！　子猫を助けるというマニュアルがないのです！」

騎士団の方々は怖い顔をされているため、子猫救出に向いていないとするリーナさん。

私がそれに反論をすると、なんとフィリップさんまで肯定されます。

ええーっと、そもそも猫って人の顔をそうやって判別するんでしたっけ。猫の思考は分かりませんが、多分関係ないと思うのですが。

「フィリア様、これはどのような状況で？　フィリップ殿とリーナが泣いていますが」

なにか起こっていることに気付いたのか、掃除をしていたヒマリさんが箒《ほうき》を片手にこちらにやって来ました。

フィリップさんもリーナさんも泣いているこの状況、一体どうやって説明すれば。

「あそこに子猫が取り残されていまして」

「それは可哀想《かわいそう》に。助けて参ります」

「「えっ？」」

ほんの一瞬の出来事でした。

ヒマリさんは木を垂直に駆け上がり、すぐさま子猫を抱きかかえて、音もなく着地したのです。

あまりの早業に私たちはあ然としてしまいました。

「それで、二人は何ゆえに泣いておられるのです？」

「「……………」」

子猫を抱えながらヒマリさんはフィリップさんとリーナさんに何の騒ぎだったのか質問をします。

それはもう、ヒマリさんが解決してしまったのですが、あまりにもあっさりとだったので二人とも目を見合わせて黙っているのです。

「ヒマリさん、ですからお二人はそちらの子猫を助けようとしていたのですよ」

「左様でございましたか。てっきり緊急を要する事態なのかと。では、私は掃除が途中ゆえこれで」

ヒマリさんは子猫を地面におろして、風のように掃除に戻られました。

ともかく騒ぎは解決しました。リーナさんたちも気を取り直して……。

「それでは、親猫を探しましょう～」

「親猫、ですか？」

「はい。このままだとこの子は一人ぼっちで可哀想ですから」

「……そうですね。一人は寂しいですものね」

リーナさんは子猫の親を見つけようと提案しました。

彼女の言うとおり一人、いえ一匹でいるのは心許《こころもと》ないでしょう。

こうして、私たちは日が暮れるまで親猫を探しました。

「結局、見つかりませんでしたね～。アレクサンダーのお母さん」

「……名前、付けたのですね」

「フィリップさんがアレクサンダーという大昔の王様が美しい白猫を飼っていたと言うので～」

「なるほど、アレクサンダー・グランバールの名前を取ったということですね」

その昔、この大陸の八割を支配していたというアレクサンダーは確かに猫が好きで、特に白い猫を愛していたという逸話があります。

そこからアレクサンダーと名付けるのは納得です。

その後、アレクサンダーの母親はどんなに探しても見つからずに、最終的にリーナさんが責任を持ってお世話をするということで落ち着きました。

あとがき

まずは『完璧すぎて』二巻を購入して頂いてありがとうございました。一巻に引き続き、読んでいただけて感謝しております。

二巻ではフィリアもかなり感情を出すことが出来ましたので、書いていて楽しかったです。

オスヴァルトと婚約させるかどうかは最後まで迷ったのですが、彼は真《ま》っ直《す》ぐな人柄ですし、プロポーズするだろうという結論になりました。

マモンとエルザはフィリアとオスヴァルトのプロトタイプというか、以前書いていた小説の主人公たちのキャラクターをそのまま流用しています。

クールな女性と明るい男性のコンビが好きで、二人組で活躍させようとするとこんなバランスになってしまうんですよね。そんなエルザたちの再登場は今後あるのかどうか……、注目してもらえると嬉《うれ》しいです。

今後と繋《つな》がりがあるのかどうかと言えば、今回は色んな国の聖女が登場しましたが、その国に関して色々と裏設定を作っています。

例えばジプティア王国は砂漠という劣悪な環境ゆえに魔法の開発が最も進んでいる国で、魔導研究所があります。

アーツブルグ王国は四百年前にブルグ皇国という国が栄えていましたが、一度悪魔によって滅ぼされており、国としての歴史は浅いです。

使うかどうか分からない設定なのですが、こういうのって楽しいんですよ。作っておくと物語を考えるときに話が膨らみやすくなるというか。


デビュー作ということで、一巻のときは右も左も分からずに、余裕がなかった部分がありましたが今回はゆとりを持って読者様をどうしたらもっと楽しませることが出来るのか考えながら取り組むことが出来ました。

もし次巻が出るならば、もっと上手《うま》くなって、もっと面白い話をご覧になってもらえる様に全力を尽くします。もちろん、簡単なことではありませんが、小説を書くことがドンドン楽しくなっているので努力が辛《つら》くないのです。


改めて、二巻をご購入頂きありがとうございました。

私が今ここであとがきを書いていられるのは皆様のおかげです。これからも頑張っていきますので、何卒《なにとぞ》よろしくお願いします。

次巻でお会いできることを祈っております！

冬月光輝

作品のご感想、ファンレターをお待ちしています

・あて先・

〒141-0031　東京都品川区西五反田 8-1-5 五反田光和ビル4階
オーバーラップ編集部
「冬月光輝」先生係／「昌未」先生係

スマホ、PCからWEBアンケートにご協力ください

アンケートにご協力いただいた方には、下記スペシャルコンテンツをプレゼントします。
★本書イラストの「無料壁紙」　★毎月10名様に抽選で「図書カード（1000円分）」

公式HPもしくは左記の二次元バーコードまたはURLよりアクセスしてください。
▶ **https://over-lap.co.jp/865549867**
※スマートフォンとPCからのアクセスにのみ対応しております。
※サイトへのアクセスや登録時に発生する通信費等はご負担ください。

オーバーラップノベルスf 公式HP ▶ **https://over-lap.co.jp/lnv/**

完璧すぎて可愛げがないと婚約破棄された聖女は隣国に売られる 2

発行　2021年8月25日　初版第一刷発行

著者　冬月光輝

イラスト　昌未

発行者　永田勝治

発行所　株式会社オーバーラップ
〒141-0031
東京都品川区西五反田 8-1-5

校正・DTP　株式会社鷗来堂

印刷・製本　大日本印刷株式会社

©2021 Fuyutsuki Koki
Printed in Japan
ISBN 978-4-86554-986-7 C0093

※本書の内容を無断で複製・複写・放送・データ配信などをすることは、固くお断り致します。
※乱丁本・落丁本はお取り替え致します。左記カスタマーサポートセンターまでご連絡ください。
※定価はカバーに表示してあります。

【オーバーラップ　カスタマーサポート】
電話　03-6219-0850
受付時間　10時～18時（土日祝日をのぞく）

王太子に婚約破棄された
公爵令嬢と結婚!?
ルベリア王国物語
～従弟の尻拭いをさせられる羽目になった～
紫音
イラスト：凪かすみ
第6回
オーバーラップ
WEB小説大賞
【大賞】受賞！
王族の血を引きながらも近衛隊に所属するアルヴィスは、突如国王陛下の呼び出しを受け、
公爵令嬢エリナとの婚約を告げられる。エリナは王太子の婚約者だったのだが、
実は彼女が一方的に婚約破棄されたと発覚。アルヴィスは王族に戻ることに……!?
OVERLAP NOVELS f

雨川透子
ILLUST. 八美☆わん
過去の人生で得たスキルを思いっきり発揮します！
コミックガルドにて
コミカライズ連載中！
ループ7回目の悪役令嬢は、
元敵国で自由気ままな
花嫁生活を満喫する
20歳で命を落としては婚約破棄の瞬間に
ループしてしまう公爵令嬢リーシェ。
7回目の人生は、過去の人生でリーシェを殺した皇太子アルノルトの
元へ嫁ぐことになってしまい……!?
長生きごろごろ生活のため、
過去人生の職業スキルを発揮して生き延びます！
OVERLAP NOVELS f

OVERLAP NOVELS f
二度と家には帰りません！
I'll Never Go Back to Bygone Days!
Author みりぐらむ
Illustration ゆき哉
国王の弟に見出された令嬢のシンデレラストーリー！
WEB発の人気作！
母と双子の妹に虐げられていた令嬢のチェルシーは、12歳の誕生日にスキルを鑑定してもらう。その結果はなんと新種のスキルで!?
珍しいスキルだからと、鑑定士のグレンと研究所に向かうことになったチェルシーを待っていたのは、お姫様のような生活だった！

「芋くさ令嬢」と馬鹿にされているアニエスは、パーティーで王女に婚約破棄された公爵令息・ナゼルバートを偶然助ける。しかし、それにより彼との結婚と辺境への追放を命じられることに!?　予想外の結婚だったが、ナゼルバートは歓迎しているようで——？

第9回 オーバーラップ文庫大賞
原稿募集中！
イラスト：KeG
紡げ、魔法のような物語！
【賞金】
大賞…300万円
（3巻刊行確約+コミカライズ確約）
金賞……100万円
（3巻刊行確約）
銀賞………30万円
（2巻刊行確約）
佳作………10万円
【締め切り】
第1ターン 2021年6月末日
第2ターン 2021年12月末日
各ターンの締め切り後4ヶ月以内に佳作を発表。通期で佳作に選出された作品の中から、「大賞」、「金賞」、「銀賞」を選出します。
投稿はオンラインで！ 結果も評価シートもサイトをチェック！
https://over-lap.co.jp/bunko/award/
〈オーバーラップ文庫大賞オンライン〉
※最新情報および応募詳細については上記サイトをご覧ください。
※紙での応募受付は行っておりません。